秋季限定栗金飩事件 下

THE SPECIAL KURI-KINTON CASE

米澤穗信
YONEZAWA HONOBU

秋期限定栗きんとん事件

THE SPECIAL KURI-KINTON CASE

by

Honobu Yonezawa

2009

目錄

第四章　疑 雲 密 布 的 夏 天

1

（五月一日　船戶月報　第八版）

本專欄持續追蹤連續縱火案，而縱火犯依然沒有停止犯行。四月十二日，華山商店街的某處發生火災，一輛停放在公寓停車場的機車起火燃燒。由於火災地點是住宅密集的區域，所以這次的犯行規模可說是更勝從前。消防員立即趕到，所幸沒有釀成重大災害。我們校刊社認為這場火災和過去的一連串縱火案有關。這卑鄙的凶手藏不住自己的狐狸尾巴，我們校刊社有辦法看穿這是連續縱火，還是單純的失火，或是愚蠢的人在模仿作案。不過，如何才能制止連續縱火案呢？下一次的縱火地點很有可能是上町一丁目或二丁目，如果繼續坐視不管，不就等於默許這種惡行嗎？（瓜野高彥）

報導收到了迴響。毫無疑問，讀者變多了。

以前每到分發《船戶月報》的日子，教室的垃圾桶就會變得特別滿。這個月的月報雖然沒被丟掉，但還是很少看到有人在讀。

印刷準備室的訪客也變多了。有學生不小心弄丟自己那份《船戶月報》，所以又跑來討，還有新生想要看入學之前發行的舊報，最令我吃驚的是那兩個女學生。

「為什麼你們會知道接下來的縱火地點？太奇怪了！」

她們和已經不在的學生指導部老師新田說了一樣的話。我當然是用「調查內容不便公開」的理由客氣地把她們請回去了。

連續縱火案的規則是最高機密，我就連對社員都沒說。

表面上的理由是為了避免有人模仿作案。如同堂島學長所說，如果《船戶月報》的報導引起別人模仿犯罪就完蛋了。不過，這當然不是真正的理由。

至於真正的理由是什麼，不用我說大家都知道。

題材的保存期限自然是越久越好。

到了五月，校刊社的新組成也漸漸成形了。

或許是因為報導的煽動效果，我們輕輕鬆鬆就招募到新社員。總共有五個人加入。話雖如此，其實我本來期待至少有十個人。加入的全是男生，這點讓我有些遺憾，有女生加入可以讓我們的視野變得更開闊，既然沒有就算了。

曾經有個女生來參觀，若是努力一點，或許有辦法說服她當掛名社員，但我並沒有積極勸說。校刊社接下來必須培養出一支精英部隊，沒必要強迫沒幹勁的人加入。堂島學長退社以後，門地沒多久也跟著離開了，這對我們雙方來說都是好事。

我當社長之後的第一次編輯會議到來了。我有責任說明今後的大方向。我盯著五位高一學生和五日市，緩緩地開口說：

「在編輯會議開始之前，我想先說一件事……現在校刊社正處於緊要關頭。直到前年為止，《船戶月報》只是在每個月的某一天送到每個學生桌上的紙屑。」

我平靜地說著，接著加強了情感及語氣。

「去年情況有了改變，但是這個改變能不能持續下去，能不能讓船高的學生更喜歡看《船戶月報》，就要看你們這些新社員的努力了。眼前要請你們先學習基本的工作，等到學會以後，我們就要火力全開，把去年開始經營的頭條新聞推上巔峰。」

新社員都一臉認真地聽著。目前還不知道這些人的能力如何，但他們能乖乖地聽訓已經不錯了。

「你們都知道《船戶月報》正在做連續縱火案的追蹤報導吧？」

眾人頻頻點頭。

我停頓片刻，然後才說出這一學年度的活動目標。

「校刊社準備阻止這件罪行……可以的話，最好可以直接逮捕縱火犯。」

眾人有些騷動，大概是沒料到要做到這種地步。有一個高一生戰戰兢兢地開口問道：

「我們做得到這種事嗎？」

「做得到。」

我一口咬定。

我從書包拿出六個文件夾，那是只值一百圓的便宜貨。反正花的是社費，買好一點的也行，不過影印也要花錢，所以還是要盡量省著用。

每個人都拿到了文件夾。

「我長久以來蒐集的資料都放在裡面了。不過都是黑白影印，照片可能不夠清晰。只要有這些資料，以及你們的協助，鐵定可以把凶手逼到死角。」

五日市一邊翻著資料，一邊愕然地說：

「這些都是你一個人影印的嗎？真有耐心……」

的確，這麼多的資料影印起來真的很辛苦。其實我還找了冰谷一起幫忙，但是基於虛榮的心態，我決定不說出來。

文件夾裡放了《船戶月報》的舊刊，以及調查時拍的照片和感想記錄，其中也包含證詞，但目前的證人只有園藝社的里村一個人。報紙的區域版和社會版對這事件的報導也包含在其中。不用說，我也影印了凶手作為行動方針的「防災計畫」的重要部分。

「這些就是我手上的全部資料了。」

這些高一生必定無法理解這句話隱含著多重要的意義吧。學長們還在的時候，我從來不曾把自己的情報全盤交出，因為我不想讓堂島學長和門地知道我的主意。

可是現在情況不同了，我必須讓校刊社的社員成為我的臂膀，所以才分享了情報。不過我沒有把隱藏的關聯也寫在裡面，這些得讓高一社員自己去發現。

……如果我讓他們看了這些資料，他們還是沒發現其中的關聯，那就沒辦法了，這就表示他們的能力不足。

「這一期的《船戶月報》說接下來的目標是上町。」

有個戴眼鏡的高一生說。身為校刊社的一員，會看最新一期的月報是很好的，不過他說得不夠精確。我低聲糾正說：

「是上町的一丁目和二丁目，不包括三丁目。」

「為什麼？」

「你……是叫一畑嗎？你看完那些資料就會明白。」

我又掃視全員一次，有幾個人已經開始看資料了。我交握起放在桌上的雙手。

「你們可以之後再自行找出原因，總之接下來的縱火地點一定是上町一丁目或二丁目，而且作案的日期時間也鎖定在某個範圍內了。」

高一生的視線又集中到我身上。

「時間是五月九日星期五的深夜。可能會超過十二點，所以正確說來應該是五月十日星期六。縱火犯那天會出現，我們七人一定能逮到他。」

五日市畢竟比高一生有經驗，他從我分發的文件夾裡翻出木良市的地圖，仔細地看著，喃喃說道：

「只有一丁目和二丁目，聽起來範圍很小……其實還挺大的耶。」

有一個高一生說：

「這區是在上町的正中央，所以感覺更寬廣。我們只有七個人，能不能應付得過來還很難說。」

這句不客氣的發言讓我有點生氣，但我不得不承認他說的話。正如「防災計畫」所顯示，上町非常大，所以木良市消防局上町分局的轄區沒有包含三丁目。

「沒錯，所以我們要找出縱火犯最有可能下手的目標，在幾個定點加強監視。」

「不只知道時間和地點，連目標都鎖定了嗎？」

戴眼鏡的高一生驚訝地問道，我很自豪地點頭回答：

「靠著現場調查和分析，可以掌握大致的方向……雖然說不上精準。」

這是新社員第一次參加編輯會議，我可不能表現出記性不好的樣子。我潤了潤嘴脣，慎重地說道：

「遭到縱火的目標依次是：割下來的草堆、公園的垃圾桶、廢木材、廢棄腳踏車、廢棄汽車、公車站的長椅、公寓旁的機車……可以看出有逐漸逼近生活空間的傾向，換句話說，就是犯行的惡意逐漸增加了。」

新社員們顯得有些驚慌。我緊接著說：

「意思就是接下來的縱火案很可能比公寓停車場的機車被燒更嚴重。」

「譬如呢……？」

五日市問道。

我聳聳肩說：

「不知道，有太多可能的目標，不過總是比什麼都不知道來得好。」

我笑了一笑，社辦裡的氣氛稍微緩和了一點……仔細想想，堂島學長擔任社長的期間，從來不曾帶頭緩和氣氛。

好，行得通。我拍一下手，說道：

「我們要親手為船戶高中校刊社打造出不朽的業績。總之大家先交換聯絡方式吧。」

到了五月九日星期五，深夜，在木良市上町。

我躲在街角的暗處，陸續有訊息傳到我的手機。

一畑傳來『我在二丁目的三叉路口附近』。

高一的本田傳來『我就定位了』。

高一的原口傳來『ＯＫ』。

接著是五日市傳來『我在一丁目的上町三的十字路口附近』。

我事先交代過大家要回報自己的位置，但遵從指示的只有一畑和五日市。這些高一生雖然很聽話，可是聽了也好像沒有聽懂……算了，無所謂，今晚重要的不是腦袋，而是眼力。

原本應該有七個人來監視，但我收到的訊息只有四則。編輯會議結束後，有個還沒問名字的高一生漫不在乎地說：

「我沒想到加入這個社團要做這麼多事，我要退出。」

我沒有試圖挽留。

還有一個人雖然沒退出社團，卻沒辦法參加今晚的監視，聽說是家裡管得比較嚴。上町有一部分是鬧區，深夜在路上閒晃說不定會被抓去輔導。既然他沒有意願，我也不能勉強他。

巡邏的方式是騎腳踏車。若是走路，有緊急狀況時就追不上了。一直待在原地不動容易引人起疑，所以我事先安排好了自己的巡邏路線。穿越住宅區的小巷，橫越外環道路。一個大十字路口中央有著像公園一樣的分隔島，豎著高高的白色桿子，上面掛著時鐘。時針現在指著十一點四十七分，快到凌晨零點了。我盯著高架橋的護欄下方。其實我應該要在高架橋下監視，但是那邊路燈很少，又沒有商店，只有用柵欄隔開的空地和停車場，感覺有點危險。我是來逮捕縱火犯的，若是被深夜遊蕩的壞人糾纏就不妙了。最好還是不要太靠近，遠遠地看著就好。

我轉了個彎，沿著外環道路，又回到了住宅區。走完這個巡邏路線大約要十分鐘。外環道路上偶爾會有貨車和廂型車經過，但整個住宅區都已經沉沉睡去了。

巡邏第一圈時，我找了一下可能會被縱火的目標。明天似乎是收垃圾的日子，垃圾集中區放著幾個塑膠袋。有一棟公寓的門前還堆著舊報紙和紙箱，不知這裡的住戶是沒看到縱火案新聞，還是不認為自己會碰上。如果這些東西著火就糟了，搞不好整棟公寓都會燒掉。小十字路口旁邊豎著一塊寫著「此處發生車禍，請目擊者提供情報」的告示牌，仔細一看，那是一塊薄薄的塑膠板。這個真的要燒的話也是燒得起來的。

我正在觀察路上的情況，喉嚨中發出厭惡的一聲：

「呃！」

在路口凸面鏡的反射下，夜色中浮現了一抹紅光。

那不是火光，而是一輛閃著警示燈的警車在狹窄的路上緩緩前進。

我一開始感到驚訝，接著則是生氣。警察必定是在巡邏，這多半是例行公事，也有可能是因為最近的連續縱火案而提高了戒備。

不管理由是什麼，警車發出這麼顯眼的光，縱火犯很可能會被嚇跑。用不著我說，如果縱火犯沒有行動，我就沒辦法拍照存證或逮捕他了。

「……快滾啦！」

我忍不住抱怨。

此外，我也默默祈求警車別開過來。就算我有正當目的，但我身為高中生卻在深夜遊蕩是事實，要是被警察抓到，一定沒辦法開脫。

警車在半路轉進小巷，沒有繼續往這裡開過來，應該是沒看到我。路口凸面鏡救了我一命。

我繼續巡邏，一邊想著如果今晚有一大堆警車到處跑，我恐怕就不會有收穫了。

現在是五月上旬，但深夜還是很冷。不知道是不是又還寒了，今晚好像特別冷。只穿著薄薄的風衣騎腳踏車實在很難熬。我在半路被自動販賣機的光芒吸引，靠近一看卻發現賣的全是冷飲。我記得外環道路上有一間便利商店，巡第二趟的時候再去買些熱的東西吧。當我正在這麼想，就回到了出發的地點。

「呼……」

我輕輕喘了口氣，繼續繞第二圈。

騎得太快可能會漏掉關鍵事物，所以我慢慢地騎，同時還擔心著其他人的情況。我交代過他們若是發現異狀要傳訊給我，遇上緊急情況就直接打電話，但我的手機始終保持沉默。我雖不至於感到無聊，但總覺得一直騎車繞圈很沒意義，忍不住停下來，拿出手機傳訊息。

『我正在上町一丁目巡邏。抓到縱火犯之後該發表怎樣的感言？』

收件者是冰谷優人。其實我很希望他也來監視，但他說「如果我抓到縱火犯，那功勞就會變成我一個人的，我可不能讓你和校刊社長久的努力白費了」。說得很對。我不禁感謝冰谷考慮得如此周全。

寄出訊息後，螢幕顯示出發送時間，所以我知道現在已經過了五月九日星期五，變成五月十日星期六。

等了幾分鐘，一直沒有收到回覆。我不常傳訊息給冰谷，但我感覺他不是會拖延回覆的人。算了，現在都快一點了，或許他已經睡了。當我正在這麼想，就收到了回覆。

『好大的餅。不過今晚還真愉快。』

我還以為他打錯了，所以立刻又回了：

『我這邊可是緊張得要命。什麼餅？』

訊息傳出去以後，我又騎上腳踏車，踩起踏板之後才想到他是說我在畫大餅。如果真是這樣，我也沒辦法回嘴。我很想再傳訊說「如果不樂觀一點，哪有辦法在這麼冷的夜晚到處巡邏」，但我想等冰谷回覆再說，所以還是繼續騎車。

我騎上外環道路，到了斑馬線的地方，抬頭仰望豎立在十字路口的白色桿子上的時鐘。十一點四十七分，就快要到零點了……不對，奇怪了，我剛才也有過這個想法。我不認為手機顯示的時間有誤，應該是這個時鐘故障了。既然費心地打造出公園的風格，為什麼不用心維護呢？

我有點猶豫，現在是該到馬路對面去看護欄下的情況，還是要繼續沿著外環道路，快點去便利商店。當我看著紅燈時，手機發出了震動。我還以為是冰谷回覆訊息了，但震動卻持續不停，原來是有人打電話來。我急忙下車，拿出手機，發現來電顯示是我沒想到的名字。

「小佐內由紀」。

小佐內怎麼會在這種時間打電話給我？

任何時候接到女朋友的電話，當然都會很開心，我現在一定也是笑容滿面。但我立刻換了個念頭。小佐內從未在深夜裡打電話給我。不對，我根本不記得她有打過電話給我，訊息倒是有傳過。

發生什麼事了？

我的手變得冰冷。因為太過心急，遲遲無法按下接聽鍵。手機一直震動個不停，不知道響了多久以後我才接起電話。我屏息說出一句：

「……喂？」

『啊，瓜野，你終於接聽了。』

她的聲音比我想像的開朗，看來應該不是壞消息。

「這麼晚了，妳怎麼會打電話給我？」

『嗯，我想你應該還醒著吧。』

我平時都很早睡，不過小佐內也無從得知。

「還醒著啦。有什麼事嗎？」

『我正在看書……瓜野，你應該不只是還沒睡吧？我能猜猜看你正在做什麼嗎？』

她的語氣有些戲謔。我牽著腳踏車，沿著外環道路慢慢走。

「好啊，但妳一定猜不到。」

『是嗎？』

一輛大卡車從旁邊經過，輪胎聲和引擎聲必定傳到了電話的另一頭。我好像聽到她發出笑聲。

『我倒是覺得會猜中。』

「請說。」

『這個嘛……』

她賣了一下關子。

『……你正在上町巡邏。』

我停下腳步。

又有一輛跑車急速掠過。那厚重的引擎聲一定也傳到了電話的另一頭。

「妳是聽出來的嗎？」

話筒又傳來了笑聲。

『不是。我只是覺得你今晚可能會這麼做。』

我想等到成功之後給小佐內驚喜，所以沒有把監視的計畫告訴她……不過我曾經在社辦外跟她說過我想抓到縱火犯。

《船戶月報》沒有提過縱火犯固定在第二個星期五的深夜作案，不過小佐內似乎還是自行發現了這件事。只要報導看得夠仔細，就會看出來。

被她猜到我的行動，讓我有些驚訝，不過還是有辦法解釋得通。這沒什麼稀奇的。

「是沒錯。挺冷的。」

『嗯，今晚很冷。我還穿了外套。』

我換另一隻手拿手機。

「妳是打來勸退我的嗎？」

『啊？』

「上次我跟妳說我想抓到縱火狂時，妳好像很反對。妳今天會打給我也是因為這樣吧？」

她的聲音好像很不高興。

『才不是。我上次確實想要勸退你，但我今天打來不是為了說這種話。』

「那是為了什麼？」

『因為今晚很冷，所以我才想打電話提醒你小心感冒了。你不希望我太關心你嗎？』

我沒看過小佐內鬧脾氣的樣子。她現在是用什麼表情說出這句話的？一想到這裡，我不禁為了現在只能跟她講電話而感到遺憾。我不禁眉開眼笑。

「怎麼會嘛。謝謝妳。」

『嗯。要小心喔，還有，加油喔。我也是。』

這時出現一陣雜音，我幾乎聽不見小佐內的聲音。

我還以為又有大卡車經過外環道路，輪胎聲和引擎聲蓋住了其他聲音。結果不是這樣，雜音是出現在小佐內那邊。我聽不出來那是什麼聲音。有節奏感，很沉重。是鐵路。火車經過的聲音掩蓋了小佐內的聲音。

小佐內應該猜到我聽不見她說話，所以閉口不語。噪音過了幾十秒才停止，這段時間我一直默默地把手機貼在耳邊，小佐內應該也是這樣。

突如其來的打擾似乎讓小佐內失去了興致。火車的聲音過去以後，我只聽到一句：

『手機快沒電了。』

然後電話就掛斷了。

我很高興小佐內這麼關心我。如果現在有人看著我，一定會覺得滿臉笑容的我很噁心吧，連我都覺得自己一定笑得很白痴。

該說值得慶幸嗎？我的笑容並沒有維持太久。小佐內掛斷電話的幾分鐘後，我為了買熱飲而騎向便利商店時，手機又響了起來。

我還以為是小佐內有話忘記說，所以又打電話過來。

結果不是。

「本田？」

螢幕上的來電顯示是「本田」。打來的是高一的社員。

我對本田這個人沒有特別的印象，只覺得好像是個不太可靠的傢伙。不過正在巡邏的校刊社社員打電話來可不是小事，我不禁用力握緊手機。

我一接起電話，對方就連珠炮似地說：

『學長，學長！晚了一步，燒起來了！混帳！火太大了，我阻止不了！』

本田已經陷入恐慌，我花了一分鐘才讓他說出現在所在位置。

起火點是廢棄的腳踏車。一月被縱火的也是廢棄腳踏車，不過這並沒有違反作案規模逐漸增加的規則，因為火勢還延燒到十幾輛堆放在高架橋下空地的腳踏車。

本田一看到我就哭喪著臉說：

「學長，我到這裡的時候已經起火了……」

我沒搭理他可憐兮兮的哭訴，定睛凝視著火焰。

火勢很大，我都不知道腳踏車是這麼易燃的東西。一想到這裡，我突然意識到不可能有這種事。腳踏車是金屬製的，火不可能燒得這麼旺。上個月被燒的機車也一樣，是因為有易燃的坐墊才會燒起來。

這麼說來，現在火會燒得這麼大，應該是因為油吧。縱火犯把棄置的腳踏車堆在一起，灑上油，點了火！

「要、要叫其他人過來嗎？」

看來本田第一個就是聯絡我，其他社員還不知道這裡的事。我應該誇獎他懂得報告的優先順序，不過……

「這點小事你自己想。」

「啊，是的！」

他一臉沮喪地開始操作手機。

我突然想到，今晚來巡邏並不是為了找出縱火的地點。我對著慢吞吞地打訊息的本田大喊：

「等一下再傳！縱火犯呢？你看到他了嗎？」

本田嚇得全身僵直，然後低下頭，聲音小到難以聽聞。

「說清楚一點！」

「沒看到。我到這裡的時候，火已經燒起來了！」

我嘖了一聲。我們出動了五個人，還是沒辦法在縱火犯作案的時候逮到他。不對，或許還來得及？

「召集……」

召集所有人在附近搜索。我正想這麼說，突然聽見了警笛聲。是消防車嗎？還是警車？

「啊，來了……」

本田露出放鬆的笑容，彷彿看到天神來搭救。我大聲罵道：

「你高興什麼啊！混帳，來得太快了！」

「啊？」

「得趕快開溜了。我們明明是最早到達現場的，竟然什麼都沒查到！」

「可、可是……」

本田畏畏縮縮地反駁。

「火又不是我們放的。」

「那你打算怎麼解釋？如果真的是警察要怎麼辦？深夜遊蕩可是會被抓起來的！」

我開始思索，絞盡腦汁地思索。到這個地步只能逃了。我總覺得正在靠近的就是我先前看到的警車。

可是如果我們現在逃走，今晚的巡邏就完全白費了。我忍住不向沒用的學弟發火，發出指示：

「你通知其他人。不要傳訊息，直接打電話。跟他們說消防車來了，各自解散回家，小心別被警察抓到。」

「是……」

「動作快！」

我吼了一聲，又轉頭注視起火點。

高架橋下圍著鐵絲網，但網子圍得不牢，中間有縫隙。腳踏車鑽得進去，因此這地方變成了停車場，或是廢車場。地上長滿雜草，可能也跟著燒起來了。這裡的腳踏車沒有全部被燒，只是把靠近的幾輛堆在一起點火。有幾輛倒在地上，所以火沒有繼續延燒。

我四處張望。

本田不知道這件事。

任何人都不知道。

我已經把資料給了他們，只要仔細看就會發現，但他們沒有一個人發現。沒辦法，是他們的能力不足。但是我很清楚。

縱火犯會在作案現場留下簽名。

那些痕跡不大，一不小心就會漏看。但我已經注意到了，這次一定也有。

我聽著本田焦急說話的聲音，以及逐漸逼近的警笛聲，迅速地觀察著現場。火焰太亮了，我努力拉開注意力，不讓目光被火焰吸引。我必須看得更寬廣。

然後，我找到了。掛在鐵絲網上的「禁止進入」金屬牌子。

牌子上有些小小的凹陷，那是用某種又小又硬的東西敲出來的。我知道那個「又小又硬的東西」是什麼。牌子上不只有凹陷，還有一條從右上延伸到左下的新刮痕，油漆都被刮下來了，露出裡面的金屬。

這就是簽名。不會錯的，這也是縱火犯幹的。船高校刊社沒有逮到他。

真不甘心，但是已經沒時間了。

「喂，要走囉。」

本田還想要說些什麼，到這種時候他還是拖拖拉拉的。我不再理他，逕自騎上了腳踏車。

2

我知道要說什麼，但還沒想好該從哪裡說起。在學校裡解決是最快的，但若選錯了地點，恐怕不方便說話。雖然如此，選擇有好喝咖啡的咖啡廳也不太對，太裝模作樣了。

考慮再三以後，我決定放學後借用健吾的教室，也就是三年E班的教室。我以前好像也這麼想過，待在別人的教室裡感覺真的很不對勁。我如坐針氈地坐在健吾的座位上，不安地動來動去。

所幸沒有等太久。健吾真是說話算話，在約定好的時間內就把我想找的人帶來了。

他就是這次事件中的關鍵人物，校刊社的高二社員五日市。

五日市的眼眶有些凹陷，雖然不矮，但因駝背而顯得畏縮，站在健吾身邊看起來更貧弱。其實就就算是體育社團也找不到幾個和堂島健吾一樣壯碩的人。

「我把人帶來了。」

健吾用一如往常的粗獷語氣說道，我則是擺出更勝以往的溫和笑容。五日市一副惶恐的樣子，問出他在來此的途中多半已經問過無數次的問題：

「那個，社長，不是，學長……你找我有什麼事？」

健吾有些不耐，簡短地回答說：

「我也不知道……是他有話要跟你說。」

這種說法很不好。我得讓五日市覺得我是健吾的朋友，我說的話就等於健吾說的話。而且健吾又不是什麼都不知道，我事先已經跟他說明過了，雖然沒有說得很詳細。

算了，此時抱怨健吾不夠貼心也於事無補。我擠出笑容，請五日市坐下。

「總之請先坐下吧。不好意思，放學後還把你找來。」

「不會……」

「我叫小鳩。因為健吾有事找我幫忙，所以我想要問你一些話。這傢伙真不夠意思，竟然裝得一副事不關己的樣子。」

我聳著肩膀說道，五日市的表情稍微放鬆了一些。嗯，這樣很好。

「好啦，請坐吧。」

我說了第二次，他才願意坐下。我和五日市相對而坐。健吾不需要別人請他坐下，但他還是直挺挺地站在一旁。

我溫和地問道：

「你是高二的吧？」

「是的……」

「你叫作五日市？」

「是的。」

「你是校刊社的社員吧？」

「是。」

先讓對方回答一些有肯定答案的問題，之後會更容易開口。這是基本的技術。接著我試著開玩笑。

「有健吾這種社長一定很辛苦吧？這傢伙的腦袋一點都不懂得轉圜，既不機伶，又不苟言笑。」

健吾不高興地插嘴說：

「你把五日市找來就是為了說這些嗎？」

「哎呀，看吧，真的是不苟言笑吧。怎麼可能是為了說這些，這只是開場白嘛。」

「不需要開場白，快進入正題吧。」

「所以我才說他不機伶嘛。你一定也深受其害吧。」

我笑著這麼說，五日市就露出了想笑又不敢笑的表情。嗯，效果不錯。說不定健吾早就看穿了我的用意，才故意扮演被嘲笑的角色。不不不，怎麼可能嘛。

如同健吾所說，也該進入正題了。

「五日市，其實健吾找我幫忙的事和縱火案有關。就是校刊社一直在報導的那些。」

聽到縱火案一詞，五日市明顯露出了緊張的神色。他一定很不想談論這個話題。

「說校刊社好像不太對。從健吾的話中聽來，堅持報導縱火案的人只有你們的新社長。他的名字是……呃……」

「瓜野。」

「對，就是瓜野。聽說最近又發生縱火案了，好像是前天吧，在上町一丁目的高架橋下。這次的火災好像很嚴重，燒掉了幾輛腳踏車，還好沒有人受傷。瓜野的預測又命中了，他一定很得意吧？」

「沒有。」

五日市回答的語氣果斷得出乎我的意料。

「他很懊惱，還說本來以為這次一定可以抓到。」

「抓到？他想抓縱火犯？那還真是不得了。難不成還得去監視？」

「是啊，他的確做了。幾乎所有社員都去了。」

我可沒聽說過這件事。我瞄了健吾一眼，他搖搖頭。

我知道瓜野對縱火案很有興趣，也知道他的行動力很強，照這樣看來，他遲早會對只預測縱火地點感到不滿，想要進一步地找出凶手。《船戶月報》的報導也這樣提過。我並不覺得意外，但還是裝出很訝異的樣子。

「竟然做到這種地步！那你們真的很辛苦耶。」

「是啊……」

「可是還是沒抓到人。」

五日市點點頭，然後抬眼窺視我的表情，像是在猜測我的用意。

我開門見山地說：

「其實我們也打算抓縱火犯。」

「咦?」

五日市震驚得說不出話，猛然轉頭望向健吾。健吾盤著雙臂，直視著五日市的眼睛，用力點頭。

此時若是不解釋清楚，恐怕會引起誤會。

「我要把話說在前頭，我可沒說健吾是要和校刊社競爭。我和校刊社或瓜野沒有任何恩怨，這只是健吾想要阻止縱火犯。火災是很危險的，雖然先前的縱火案小得跟扮家家酒一樣，不過最好還是能儘早解決。我也同意他的意見。那你怎麼想?」

被我這麼一問，五日市露出了尷尬的表情，視線開始游移，我知道他正在觀察四周。

「這裡是高三的教室。」

我這句話是在暗示，無論他說了什麼，都不會傳到他們的新社長瓜野耳裡。如此一來他才開口說：

「……那應該是警察的工作吧。」

「這樣啊。」

「我覺得，如果瓜野知道某些警察不知道的事，應該要去告訴警察才對。他能想到的事警察一定也想得到，但最好還是謹慎一點，以防萬一。可是那傢伙只在乎獨家新聞、功成名就什麼的……真是太天真了。我們全都被他拉下水了，如果之後鬧上警察局該怎麼辦啊？」

他講得越來越激動。

「其實上次的巡邏已經很危險了，有個高一生騎著腳踏車到處跑的時候被警察逮到了，還好他家就在附近，還有辦法找藉口搪塞過去，但他差點嚇破膽，而瓜野卻連一句關心都沒有。他都沒想過，如果留下了案底，說不定會影響到升學。他真的這麼想做的話，那就自己一個人去做啊！」

「你當時也一起去了吧？」

我是想稱讚他保護學弟的勇氣，但五日市好像把我的話解釋成另一個意思了。

「是的……因為當時的氣氛讓我拒絕不了。」

哎呀。

這個人簡直可以當我的人生導師了。

不希望被扯進麻煩事。就算被扯進去，大可通知警察，把事情交給他們就好。看到別人知情不報會埋怨他沒有盡市民的義務，但也只是暗自埋怨，不會主動向警察通報。

我意識到自己露出了微笑。這不就是小市民該有的模樣嗎？而且最後那句話更是精闢，在氣氛令人難以拒絕的時候就拒絕不了。簡直太完美了！我應該向五日市好好學習才是。

雖然我很想拜他為師，但現在可不是說這種話的時候。目前還不能排除小佐內同學縱火的可能性，如果真的是她幹的，我可不能看著她吃上官司……若是演變成那種情況，事情鐵定會沒完沒了。

可是，我該怎麼說服五日市這位小市民呢？這件事絕對少不了他的幫忙。

我正在思索時，旁邊傳來粗獷的聲音。是健吾。

「你說得很對，學生指導部擔心的也是這個。」

「就是啊。我不想再聽瓜野的指揮了。」

「可是我有一件事想請你幫忙。」

健吾大概從來沒有對五日市說過這句話。只見五日市一臉錯愕，什麼都說不出來。

「我沒有證據，所以沒辦法保證什麼。但我可以告訴你，我和小鳩懷疑縱火犯可能是我們認識的人。」

「咦……」

五日市的臉上清楚地浮現出恐懼。

「學長認識的人？」

「只是有這個可能。所以我們想要自己找出縱火犯加以制止，至少要讓這個人去自首，為此我們需要你的協助。你也不希望再發生縱火案吧？」

這段說詞很符合健吾的風格。

如果五日市再聰明一點，應該會發現這和健吾剛才說的「不知道我找他來是要做什麼」相互矛盾。

「我……」

「你做事很可靠，本來我是希望由你來接任社長，這樣才管得住瓜野。」

從健吾的角度來看，或許這不光是謊話或場面話。五日市的表情稍微改變了一些。

「瓜野做的事情很危險，但他的出發點並沒有錯。若是再任由事情發生，不只是他自己，連校刊社也會遭到不好的下場。如果有你的幫忙，就能避免這種結果了。」

堂島健吾想必深受五日市的信任，就像他深受我的信任一樣。五日市還是有些猶豫，但他最後終於鬆口：

「我明白了。我會盡力而為。」

健吾沒有多說感謝的話，只是簡單地說句「有勞了」。

現任校刊社社員和前任校刊社社長誓言合力奮鬥，好一幅慷慨激昂的畫面啊。我正在這麼想，兩人同時轉頭看著我。

「呃，所以我該做什麼呢？」

如此一來，已經滿足了解決事件的最基本條件。我有很多事想讓五日市幫忙，不過我得先問他一個問題。

「那麼，我先請教你一件事。」

「是。」

我乾咳一聲，露出笑容。

「……瓜野最近有好好地工作嗎？」

五日市離開以後，我和健吾望著彼此。他的表情格外嚴肅，好像想說些什麼，所以我搶先說道：

「真厲害，你完美地說服了他，換成是我一定做不到。」

雖然聽到我的讚美，健吾卻好像根本沒放在心上，依然板著面孔。

「你已經見過五日市了。你覺得他怎麼樣？」

「怎麼樣喔……」

我思考了一下。雖然誠實是美德，但說話還是要講究技巧的。我最好還是說得婉轉一點。

「就是個單純的學弟吧。」

健吾直視著我，點頭說：
「沒錯，他雖然膽小，但個性很單純。只要別人開口拜託，他就拒絕不了，連我都有點同情他。所以，常悟朗……」
「……怎樣？」
「你千萬別勉強他。」
喔喔，原來健吾是在擔心這個啊。
我刻意地聳聳肩膀，笑著說：
「我不會啦。」
健吾露出冰冷的眼神，似乎不相信我。真是令人遺憾。我有點不高興地回嘴：
「你好像誤會了什麼，我才不會強迫別人咧，那不是我的專長。你也看到了，我連說服別人的能力都很差。」
健吾沒有因我的不悅而退縮，但神情多了一絲迷惘。
「是這樣沒錯啦。我本來還以為你很會唬人。」
「我不知道你是怎麼看我的，但我真的不擅長攏絡人心和威脅利誘。擅長那些的是……」
我講到這裡頓時停下來。再說下去就是在說別人的壞話了。

「怎麼了？」

「沒有，沒什麼。」

……那些是小佐內同學的拿手好戲。

讓人安心，博取別人信任。假裝被利用，其實是在利用別人。

想到高一時的春季限定草莓塔事件，我甚至有些懷念。在那次事件中，小佐內同學從只有一面之緣的健吾姊姊身上獲取了關鍵的情報。在去年的夏季限定熱帶水果百匯事件中，擔任小佐內同學內應的人很可悲地連這個事實都沒發現。

我在國中的時候還沒發現小佐內同學在這方面有過人的資質，升上高中才慢慢地見識到。她真的很擅長操縱情報。

我不知道小佐內同學在這一連串的縱火案中扮演了怎樣的角色，目前可以確定的，只有她和瓜野高彥這個校刊社社員之間有著聯繫。

其實我也可以請健吾幫我找瓜野來，如果有瓜野的協助，就能一氣呵成地解決這件事了。

我之所以叫健吾幫我約五日市，是要避免小佐內同學知道我的計畫……如果演變成情報戰，這樣會對我很不利。

想到這裡，我不禁苦笑。

我和小佐內同學已經在去年夏天分道揚鑣了，但我總覺得我們依然在一起。差別只在於放在我和小佐內同學之間的是盛放精緻甜點的盤子，還是連續縱火案。

當我正在喟然而嘆時，口袋裡的手機發出了震動。

「……怎麼了？」

「呃，沒有。」

現在會傳訊息給我的人只有兩個，其中一個就是我面前的健吾，所以我不用看都知道傳訊來的是誰。

「什麼事都沒有。」

我重新振作精神。

「總而言之，如今已經得到校刊社社員的協助，可以實行計畫了。」

雖然話題轉得很硬，但健吾沒有繼續追問下去，反而像是期待這個話題已久，立刻問道：

「我正想問你咧，我可沒聽你說過需要靠五日市把縱火犯逼出來。我有點擔心，你到底想要他做什麼？你問瓜野最近有沒有好好地工作又是什麼意思？」

健吾的語氣很嚴厲。他果然很擔心學弟被扯入麻煩事，真是個好學長。我是不是也該找個社團來參加呢？

「就是字面上的意思。瓜野對《船戶月報》的工作認真到什麼程度，會直接影響到計畫的進行。」

我從書包裡拿出一張L型文件夾。

「依照先前得到的情報，瓜野認為木良市的『防災計畫』是這次事件的關鍵。你上次給我看的消防分局轄區就是縱火犯的作案參考。」

「……嗯，是啊。」

「健吾，我不但不擅長攏絡人心和威脅利誘，也很懶得查資料。可以的話，我真希望這件事能由你來做。」

我刻意說得很迂迴。

果不其然，健吾立刻皺起眉頭。

「是怎樣？你是在說我什麼事都沒做嗎？」

「是啊，什麼都沒做。雖說沒做事的人也不只你一個。」

我把L型文件夾放在桌上。健吾只看一眼，臉色就變了。

「是的，校刊社應該先查清楚的。別人給的資料一定要小心求證喔。」

夾在裡面的是「防災計畫」的影本。

「我先去了市公所，可是找不到負責這方面的部門，而且我只是區區一個高中生，根本問不出個所以然。後來我又去圖書館，結果輕輕鬆鬆就查到資料了……縱火案是從去年開始的，所以我先影印了去年的『防災計畫』。你看。」

健吾的表情很難看，大概是意識到自己的粗心大意吧。他把影印紙移到自己面前，看了之後更是臉色大變。

「喂，常悟朗，這是……！」

小心求證是很重要的。去年的「防災計畫」如此寫著：

（木良市防災計畫　11頁）

木良市消防局列表

木良消防局

木良南消防局

木良西消防局

木良市消防分局列表

加納分局
檜町分局
針見分局
北浦分局
上町分局
華山分局
當真分局
津野分局
茜邊分局
小指分局
西森分局
葉前分局

——

我點點頭。

「沒錯，新的『防災計畫』完全沒有提到各分局的轄區。」

健吾死命盯著影印紙，彷彿一直盯著就能讓轄區列表浮現。很遺憾，我不記得自己有玩過火烤現形的把戲。

「這是從去年的『防災計畫』影印下來的。兩年前的也沒有附上轄區，三年前的也一樣。從某一年開始，『防災計畫』就沒有再附上轄區了，我不知道理由是什麼，或許是有人覺得不事先設定轄區才能更有彈性地調度各分局。反正事實就是……」

我從L型文件夾裡抽出另一張影印紙，內容和和剛才那份大同小異，連頁碼都一樣，只不過這張有附上各分局的轄區。

「要一路查到六年前的『防災計畫』才會看到轄區，而七年前還沒有小指分局。」

健吾盯著兩張影印紙，茫然地喃喃說著：

「六年前……」

我不想打斷他的思路，但我查到的資料還沒報告完。

「消防分局有各自的概略轄區是事實。或許除了『防災計畫』以外還有其他資料也記載了轄區，但其他資料的分局列表很不一致，不見得都是照著加納分局、檜町分局、針見分局……這個順序。換句話說，這個順序只出現在『防災計畫』裡面。」

「照這樣看來……」

健吾面色凝重地沉吟著。

因為他板緊面孔，讓我有點擔心他沒聽懂。雖然我覺得事實已經很明顯了，還是明確地說出結論。

「也就是說，只有看到六年前『防災計畫』的人才會知道這樣的分局順序和轄區。」

「我知道啦。可是……」

健吾的語氣變得很急躁。

「這是怎麼回事？」

怎麼回事……我覺得狀況已經很明白了。瓜野在自己家裡看到「防災計畫」，因為他哥哥是消防員。放在他家書櫃上的「防災計畫」剛好是六年前的，就只是這樣。

這件事還透露出另一個更重大的意義。

不過，我不打算立刻說出來，因為看著健吾困擾的樣子很有趣。

所以我說了另一件事。

「這個計畫要花很多時間，還要再等一個月才能看到結果。在那之後嘛，對了，如果再找吉口同學提供協助就更妥善了。」

不過老是找她幫忙可能要負擔更多的情報費用。

「在那之前，先悠哉地準備考試吧。」

我現代國語的成績已經提升了，但英語還是很不穩。沒想到我到現在還會弄錯關係代名詞。

到底是怎麼搞的？

◇

一個月有四次或五次週末，而其中有三、四次的週六或週日成了我和仲丸同學約會的日子。從去年九月突然開始交往以來，我們一直保持著這種頻率，只有寒假和春假例外。

五月最後一週。下午一點約在站前已經是我們習慣的約會模式了。現在雖是春天，但天氣已經逐漸變熱，我覺得滿身大汗感覺很遜，所以就穿了短袖。

結果我的決定是對的。天氣預報什麼都沒說，不過這一天的陽光非常強烈，才剛過中午，氣溫就開始飆高，天空萬里無雲，連一絲微風都沒有。站前都是水泥地，站在哪裡都擺脫不了熱氣，我只能靠近噴水池，希望會涼爽一點。約好的時間過去了，仲丸同學遲到五至三十分鐘已經是家常便飯了。

今天仲丸同學遲到了二十分鐘，還在可接受的範圍內。她在胸前小幅度揮動雙手，朝我走來，接著展開一如往常的對話。

「對不起，你等很久了嗎？」

「不會，我才剛到。」

仲丸同學看著我笑了。

「真好，看起來好涼快。」

仲丸同學如此說道。她依然穿著春裝，這件粉黃色針織衫是在我們上次約會時買的，雖然顏色很好看，但今天這麼溫暖，似乎不太適合。

可是……

「白天雖然涼快，但晚上可能會有點冷。」

此時仲丸同學的表情有些黯淡。

「喔喔，是啊。嗯，或許吧……」

「嗯？會冷嗎？」

「不是啦，我是想到晚上。對不起！」

她雙手合十。

「我今天得早點回家。難得我們出來約會，真的很抱歉。」

原來是這樣啊。

「沒關係啦。妳有門限嘛。」

我擠出笑容，又補上一句：

「……有點遺憾就是了。」

起初我們無論玩得多晚都不會有人說要早點回家，如果是在週日約會，因為隔天還要上學，所以我們會適可而止，若是週六就沒什麼好顧慮的了。

不知道是從何時開始，大概是春假前後吧，仲丸同學提到了門限的事，大概是因為深夜在外遊蕩而被父母教訓了。我心想這又不是一天兩天的事，為什麼到現在才限制她？但我也不想硬留她。因為這樣，我不期待她今天會不管門限。

可是仲丸同學面有難色地說：

「還有，今天不太一樣，我只能待到傍晚。」

現在都快要一點半了，我不知道她說的傍晚是指幾點，總之我們好像沒有太多時間。依照平時的模式，我們本來應該先去逛衣服和小飾品……

「這樣啊。那我們快走吧。」

「你不問我為什麼要這麼早回家嗎？」

喔喔，嗯，也對。

「我想妳家裡可能有事要忙吧。」

仲丸同學的視線開始游移，刻意到讓我覺得她是故意的。她說：

「也差不多該認真準備考試了，所以我有點焦慮，因為我不是很聰明。」

我不清楚仲丸同學的成績大概在什麼水準，現在開始準備考試很合理，可是週六約會提早幾個小時回家又差不到哪裡去。如果她是在說謊，為什麼她會希望我問呢？

算了，這就是「女人心，海底針」吧。

仲丸同學一直偷瞄著我，像是在揣測我的心思。她似乎發現我不想多問，所以又換了個戲謔的神情，雙手按著肚子說：

「還有一件事，我還沒吃午餐。我們找個地方吃東西吧。」

當然。我笑著點頭。

此時我暗自想著：早知道會這樣，中午就不吃薑燒豬肉定食了。

站前的拱頂商店街非常冷清，有很多店家連鐵門都沒拉開，不過這商店街還沒有衰敗到連週六午後都找不到吃午餐的地方。

好比說，放眼所及之處就有一間漢堡店。坐在那間店的吧檯座位可以很清楚地看見站前的圓環道路，如果要監視的話，那裡可是絕佳的地點。

「那間怎麼樣？」

我試著問道，仲丸同學沒有點頭，只是「唔……」地沉吟。她對飲食不算太講究，但我可以理解她不想在約會的時候用漢堡解決午餐的心情。

所以我們兩人又繼續走。

除了漢堡之外，我還想到另一間店，但我不敢說出來。記得上次走在三夜街時，我提了有一間咖啡廳的甜點很好吃，她就抱怨「前女友的身影浮現了」。考慮到這點，或許還是走慣例的行程比較好。大致說來，我們的行程有「站前三夜街散步」和「去電影院」這兩種。有一次去 Panorama Island 還挺開心的，但我們兩人都沒再提議過要去那裡玩。雖然我不會帶她去郊區的駕訓班或廢棄的體育館，但我還是應該再多花點心思。

來過三夜街這麼多次，我第一次注意到這裡有中華料理店。那間店的店面很窄，不夠顯眼，而且我也沒想過要來三夜街吃中華料理，所以就算看到也不會放在心上。我又試著提議吃中華料理，仲丸同學一臉不屑地說：

「拜託，誰要吃那個啊？」

隔著髒汙的玻璃門望進去，煙霧繚繞的室內坐的全是中年大叔。如果是堂島健吾當然不會在意，但仲丸同學應該無法接受吧。

我們可不能繼續悠哉地挑下去。

「過了兩點之後，大部分的店家都會關門喔。」

「我也這麼想。唔……要去哪裡呢……」

我拿出手機看時間，現在是一點四十分。如果真的找不到，去便利商店買些東西吃就好了嘛……可是與其吃便利商店的東西，還不如去漢堡店。我繼續左右張望，找尋適當的地方。

我看到一間類似居酒屋的店，但我沒打算進去，話說回來，居酒屋在白天也不會營業。如果不是有所顧慮，去「櫻庵」也不錯，那裡的熱三明治看起來挺好吃的。

此時，仲丸同學指著馬路對面說：

「啊，那間店好像不錯。」

我轉頭一看就看見了廣告旗子，那是一間家庭式餐廳。我知道外環道路上有幾間家庭式餐廳，但我不知道三夜街也有，難道是最近新開的嗎？

「你看，有促銷活動耶。現在這麼熱，吃冷義大利麵最好了。」

無風吹拂、平靜不動的旗子上寫著「冷義大利麵季」。蘑菇白醬冷義大利麵八百圓。喔喔。

「小鳩，去那間店好嗎？」

「嗯，好啊。那裡應該也有無限暢飲吧。」

仲丸同學一聽卻訝異地問：

「你不吃嗎？」

「喔，嗯，我已經吃過了。如果分量不多，我想吃一點輕食，家庭式餐廳正好適合。」

「這樣啊……不好意思耶。」

仲丸同學不知為何一臉愧疚的樣子。如果是因為相約在一點，以前也都是這樣，而且我通常都是吃過午餐才來的……為什麼她今天要為這種小事感到沮喪呢？我察覺到她的不安。如果有事令她煩心，我可以陪她商量啊。

總之我們先去餐廳吧，到時再慢慢問她。

「我們先進去吧。」

我帶頭走進餐廳，仲丸同學默默地跟在後面。

現在已經過了午餐時間，但店裡的客人還不少。我本來很期待店裡會有冷氣，但店裡一點都不涼，大概還沒開冷氣吧。今天突然變得很熱，但畢竟還是五月，這也是沒辦法的事。

最靠近門口的一桌有四個女生大聲談笑，不知道是不是因為她們太吵，店員過了一陣子才發現我們的存在。有一個身穿白圍裙、掛著名牌，名牌上還別著「實習生」徽章的女服務生快步走了過來。

「歡迎光臨，請問是兩位嗎？」

「是的。」

「請問要坐禁菸區還是吸菸區？」

我們一看就是未成年，有必要問這個問題嗎？我是不知道有沒有同齡的人會抽菸啦，但是身為小市民，未滿二十歲是不能抽菸喝酒的。

「禁菸區。」

「請往這裡走。」

我們被帶到比較後面的座位，那四人的笑聲聽起來沒那麼吵了。實習的女服務生笑容滿面地說「決定要點什麼之後請按桌上的按鈕」就離開了。我看看桌上，卻沒有看到菜單。會不會在桌子下？我如此想著，但桌子下面只看得到仲丸同學的腳。我不解地歪著頭，仲丸同學突然問道：

「那個……小鳩，你應該不餓吧？」

她好像有些消沉。她這麼介意這件事嗎？

「嗯。沒關係啦。」

「而且我今天還遲到了，小鳩，你等了很久吧？」

「不會啦……我又不介意。」

她會因遲到而內疚讓我有些驚訝。因為見面時她什麼都沒說，我還以為她不會放在心上。

我又仔細打量仲丸同學。

剛才我都沒發現，她的表情明顯透露出落寞。說是落寞，其實更像是擔心，而且她還一直觀察我的表情。怎麼回事？難道我的臉上沾到了薑燒豬肉的醬汁嗎？我忍不住摸摸自己的臉。

「沒關係啦，我也遲到過啊。還是說，妳有什麼事嗎？」

「什麼事？」

「我也不知道。」

我真的不知道，也不想隨便亂猜。

仲丸同學把手肘靠在桌上，一副不安的樣子。

「我一直覺得……」

她開口說道。

「你真是個體貼的人，比普通的體貼更體貼。」

我沒想到她會突然誇獎我，一點心理準備都沒有。不過普通的體貼是什麼意思？

「有嗎？」

「有啊！」

她很肯定地回答。那真是太好了。但仲丸同學像是突然想到什麼，說道：

「假如……只是假設喔，不管我做了什麼，你都會原諒我嗎？」
「……妳問得真奇怪。」
「只是假設嘛。」
這也是因為「女人心，海底針」嗎？
自我評價和他人評價不一致是常有的事，所以聽到仲丸同學說我很體貼，我並沒有提出異議。雖然我心裡想著「你在說什麼啊兔子先生」（註1），但我不想說出來。仲丸同學會有什麼事讓如此體貼的我都無法原諒呢……
這個問題太難回答了。
我該回答什麼才是正確答案呢？該怎麼說才會符合仲丸同學心中對我的想像呢？
「如果妳做了太離譜的事，我可能就沒辦法原諒了吧，譬如突然拿水潑我之類的。」
「嗯，不是這種事……」
我知道。對了，沒有送上開水耶。剛才那位女服務生的實習生徽章的確不是白掛的。
「只要不是這種事……不管我做什麼，我總覺得你最後一定都會原諒我。不過這樣其實很普通吧？沒有人會永遠不原諒別人吧？」
或許吧，雖然有些人是因為接受道歉而原諒，有些人是因為時間沖淡一切而原諒，再

1　來自「龜兔賽跑」的兒歌。

不然就是因為復仇過後心情爽快而原諒。

不過仲丸同學沒有聽到我說的後半句話。

「是啊，你一定會原諒的，因為你很體貼嘛。」

為什麼她今天突然這麼……她以前從來沒有說過這種話。我有一種搔不到癢處的感覺，這些對話太沒頭沒腦了，讓我什麼都摸不清，總之還是先扯開話題吧。

「沒有菜單就不能原諒了。叫服務生過來吧。」

我依照女服務生的說明按下呼叫鈴，結果鈴聲比我想的更大聲。仲丸同學本來還想說些什麼，卻因吵鬧的鈴聲而錯失時機。

實習中的女服務生神色自若地出現了。我說「桌上沒有菜單耶，還有，請給我們開水」，她不慌不忙地回答「很抱歉，等一下就送過來」，然後就離開了。

菜單是大到無法用單手拿的三張厚紙板。女服務生把菜單放在桌上，又補充說明：

「蘑菇白醬冷義大利麵已經沒有了。」

寫在旗子上的菜色竟然賣完了。

「決定要點什麼之後請按桌上的按鈕。」

聊了一陣子，我開始覺得有點餓了。我看看菜單，上面有一道「酪梨滑嫩三明治」。

老實說，用滑嫩來形容三明治完全無法引起我的食欲，不過還附了咖啡，而且很便宜。

「我選好了。」

仲丸同學還在挑選。

「唔……蘑菇白醬冷義大利麵沒有了啊……」

她喃喃說道，凝視著菜單上那行「夏季熱賣！冷義大利麵季」。從我的方向看過去字是反過來的，所以看不太懂，下面好像寫了「蘑菇白醬冷義大利麵」和「熟透番茄沙拉風味義大利麵」。也就是說，只有兩種？明明是促銷活動卻只有兩道菜色，而且其中一樣還賣完了。話說回來，為什麼才五月就開始搞夏季熱賣？這樣下去到了七月要怎麼辦？把經理給我叫出來！我要好好教訓他一頓！

我正在享受小市民的妄想，仲丸同學就說：

「那張菜單給我看一下。」

她拿過去看了一下，立刻喃喃說著「決定了」。

「小鳩，你也選好了吧？那我要叫服務生囉？」

我點頭。仲丸同學伸出手指，店裡又響起了宏亮的鈴聲。雖然這次已經有心理準備，我還是被嚇了一跳。我不禁想著，音量調得這麼大，是為了讓實習中的打工店員聽得更清楚嗎？

那位女服務生又走了過來，她笨拙地按著一個像計算機的機器，眼睛死盯著螢幕，但語氣依然開朗。

「好的，請說。」

「那……我要酪梨三明治，附咖啡的套餐。」

「好的……請稍等。呃……好，沒問題。」

真的沒問題嗎？我轉頭一看，仲丸同學也露出了擔心的表情。

「那我要鮭魚奶油義大利麵。」

「好的，鮭魚……義大利麵……好，為您重複一次，弱梨三明治附咖啡套餐，還有鮭魚奶油義大利麵。」

不對，是「酪」梨。

我沒有真的說出來。

「麻煩妳了。」

「請稍待片刻。」

女服務生走向廚房之後，我和仲丸同學互看一眼，同時笑了出來。店裡不可能只有一個服務生，為什麼來的老是同一個人呢？

……回歸正題吧。現在的情況不太尋常，在我們有秩序而規律的世界裡出現了一絲的混沌。

嗯，依照我的想法，只要細心一點就能解決了。

仲丸同學拿起杯子，喝了一大口水，然後笑容滿面地說：

「對了……」

「嗯。」

「我們交往很久了呢。」

是這樣沒錯。回想起來，那次放學後的交談已經是去年九月的事了。我折指數算。

「已經九個月了吧？」

「現在才說這個好像有點晚，我們的契合度挺高的耶。」

我神色自若地點頭。

仲丸同學稍微移開視線，若無其事地繼續說：

「不過呢，好像還是有很多人不知道我們正在交往。」

「這樣啊。」

「該知道的人都知道啦。」

不知道的人還是不知道。我不知道她想說什麼，只能含糊地附和。仲丸同學的臉上仍掛著笑容，但我總覺得她的表情有些僵硬。

「可是呢，也有人很清楚這種事。該怎麼說呢，真不明白為什麼會有人那麼清楚。」

「這種事？妳是說哪種事？」

「就是這種事嘛。」

這種事指的是我和仲丸同學在交往的事嗎？仲丸同學突然直視我的眼睛。

「小鳩，你也認識這種人吧？」

她是在試探我。我知道她想問什麼，忍不住覺得她的技巧很差。

我歪著頭說：

「有嗎？我認識校刊社的前社長，不過他是個不解風情的傢伙，應該不太清楚這種事吧。妳想要找這種人嗎？」

「不是那個意思啦……」

她欲言又止，然後沉默不語。

打破這局面的是女服務生，而且又是剛才那位實習生。

「久等了，點了鮭魚奶油義大利麵的客人。」

「啊，是的。」

「這是您附餐的沙拉。」

她把一小盤沙拉放在桌上，裡面有切絲的萵苣、高麗菜，還有切塊的番茄。上面的白色醬料應該是凱薩醬吧。

仲丸同學一臉詫異地看著沙拉。

「還有附沙拉啊？」

「是啊，這是午餐套餐。」

女服務生沒有送上餐具，我還以為她又犯錯了，不過抱怨之前仔細一看，桌邊有個盒子，裡面裝了餐刀之外的各種餐具。

我把湯匙和叉子遞給仲丸同學，也放了一支叉子在自己面前。仲丸同學說道「啊，謝謝」，我把拿著叉子的手朝她伸去。

「我要吃妳的番茄。」

我瞄準仲丸同學盤中的番茄，迅雷不及掩耳地刺出叉子，等到仲丸同學反應過來時，番茄已經進了我的口中。

「……咦？」

她愣住的樣子十分好笑。

「咦？你想吃是無所謂啦，不過小鳩，你喜歡吃番茄嗎？」

我吞下番茄，說道：

「也不是特別想吃，我只是覺得妳好像不喜歡吃番茄。」

「我……」

她一臉疑惑地問：

「為什麼你會覺得我討厭吃番茄？」

我笑了。

理由很簡單，想都不需要想。雖然這是不需要問的問題，但她既然問了，那我就說吧。

「因為妳決定來這間店時說了『吃冷義大利麵最好了』。」

「嗯。」

仲丸同學坦誠地點頭。

「後來點菜的時候，妳卻點了熱的奶油義大利麵。」

「是這樣沒錯……」

這樣很不合理，她來這裡明明是為了吃冷義大利麵，結果卻點了熱的義大利麵。從低溫變成高溫，就像是熵不可逆地增加。

我無法忽視這件事。

「我一直在想這是為什麼。的確，寫在旗子上的蘑菇白醬冷義大利麵已經賣完了，但還有其他的冷麵，番茄口味的，但妳卻沒有點那一道。妳進這家店是想吃冷的食物，後來點了熱的，一定有特別的理由。」

我隨手指向天花板。

「如果這間店的冷氣很強，妳走進來就不想吃冷的了，那很正常。但這裡的冷氣明明不強，反而還有點熱。」

仲丸同學喃喃說道：

「喔，原來是這樣……」

「嗯。明明很熱，卻還是放棄了冷義大利麵，唯一的可能性就是妳討厭番茄。既然如此，那我就幫妳吃掉吧。」

我露出笑容。

因為仲丸同學一副憂心忡忡的樣子，我猜或許有事令她煩心，原來是我多慮了，她只不過是遇上了一點小麻煩，小到我都覺得有些無聊。反正我不討厭吃番茄，就體貼地幫女友解決了這個麻煩。

「那個……」

仲丸同學露出無奈的表情。

「小鳩，你有時會說些很奇怪的話耶。不過這樣也挺有趣的。」

「總比只會說些無聊話好吧。」

「可是……」

仲丸同學看著沒有番茄的沙拉，說道：

「我不討厭吃番茄。」

「咦？真的嗎？」

竟然猜錯了。我為了恢復秩序而做的縝密推理被她簡簡單單的一句話就推翻了。

我充滿挫敗感地問道：

「那又是為什麼？」

說吧！妳放棄了原本想吃的冷義大利麵是因為多嚴重的理由！

她說：

「因為菜單上的奶油義大利麵照片看起來比番茄的好吃。」

原來如此。

「還有，便宜一百圓。」

這理由的確很充分。

仲丸同學後來什麼話都沒說，可能是因為一鼓作氣地進攻卻被我閃躲，就沒心情再開口了。她默默地吃著奶油義大利麵，而我默默地吃著滑嫩的酪梨三明治。

我當然知道仲丸同學想刺探的是什麼事。

在我認識的人之中、熟知船戶高中男女交往關係的人物。她指的當然是我經由健吾而認識的吉口同學。仲丸同學是想確認我和吉口同學彼此相識。

如果仲丸同學直接問我，我就會回答「認識啊」，但她卻用這種不乾不脆的態度來刺探。她套話技巧之差讓我不禁感到同情，所以才故意轉移話題。就某個角度來看，其實還挺厲害的。

吃完以後，仲丸同學又加點了咖啡。實習中的女服務生說「那我幫您加進午餐套餐」，但是看她操作機械的生疏動作，我很懷疑她是否真的算成套餐價格。

仲丸同學望著咖啡喃喃說道：

「嘿……」

語氣聽起來很開朗，但她卻低著頭。

「小鳩……你跟我交往是因為喜歡我的什麼地方？」

很多地方啊。

就像是女友遲到時說「對不起，等很久了嗎？」我會自然回答「不會，我也剛到」一樣，我早就準備好這個問題的答案了。我一邊用餐巾紙擦掉拇指上的酪梨糊，一邊說道：

「我覺得，跟一個人在一起還要有理由，是很奇怪的事。妳應該懂吧？」
仲丸同學默默地喝一口熱咖啡，抬起頭來，笑著說：
「一點都不懂。」

3

（五月十日　朝日新聞　地方版）

木良市上町發生火災　疑似連續縱火

十日凌晨零點左右，木良市上町一丁目的高架鐵路下有棄置的腳踏車起火燃燒，附近居民看見之後立即打一一九通知消防局。消防員滅了火，但已經有十幾輛腳踏車被燒毀，起火範圍約十平方公尺，所幸無人傷亡。木良警署懷疑是人為縱火，正在進行調查。

木良市今年接連發生疑似人為造成的火災。這也是上町自治會啟動防災巡邏之後的第一次火災。

（五月十八日　讀賣新聞）

預防火災　木良市防災訓練

木良市三宮寺町在十七日舉行了本地居民的防災訓練，木良消防局的消防員指導民眾學習基礎的滅火方法。

木良市從去年開始接連發生疑似人為縱火的火災，三宮寺町有許多歷史性建築，許多人都感到擔憂。木良消防局的田中晴臣消防員（51）表示「最重要的是要靠著當地居民的努力，防範火災於未然」。

（六月二日　船戶月報　第八版）

校刊社傾盡全力持續報導本市的連續縱火案，可惡的縱火犯日前再度作案，五月十日星期六，上町一丁目的高架鐵路下方有十幾輛廢棄腳踏車遭到縱火。

筆者碰巧目睹了這次事件。近距離看下來，火災真的很可怕！這令筆者不得不意識到，如果火災沒有得到控制，我們會遭受多大的損失（所幸這次的火勢沒有延燒到高架鐵路）。遺留在現場的痕跡透露著這次事件依然是先前的縱火犯「Fireman」幹的好事。看到這次火災，不只是筆者，校刊社全體社員都下定決心，絕對不能繼續任其為所欲為。

下次縱火目標推測是北浦町。北浦有許多重要設施，諸如綜合運動場、北浦大橋、木良城址公園等等。我們由衷期盼Fireman這個月就會遭到逮捕。（瓜野高彥）

———

今年的梅雨季應該不是乾梅雨。連日不停地下雨，害我連學校都不太想去了。不過我約了人的星期六倒是沒下雨。天氣預報說，下午的降雨機率是百分之二十。我有些擔心，但還是騎上腳踏車，前往木良市北邊的北浦町。

我去北浦町當然是為了事先勘查。上個月在上町的監視計畫不夠完善，雖然動員了校刊社全體社員，其實總共只有六個人。其中一個人老是藉口說家裡管得很嚴，沒辦法一起幫忙。另一個人上個月巡邏時被警察抓到，嚇得腿都軟了。如果這次不做好萬全準備，就有可能再次失敗。從上町的巡邏情況來看，警方很可能已經加強戒備了，所以我們親手抓到縱火犯的機會恐怕不大。

我也可以找校刊社的社員一起去勘查，但我還是決定找冰谷優人，因為他比校刊社的任何社員都可靠。身為社長，不禁為此感到遺憾，但這也是沒辦法的事。

我和冰谷約在站前。他穿著條紋ＰＯＬＯ衫，看起來很涼快，但他一出現就說：

「嗨，今天真熱啊。」

雖然一直下雨，但氣溫並沒有因此下降。才六月就這麼熱，真不知到了盛夏會熱到什麼地步。

我們一如往常地並肩騎著腳踏車，從市區道路一路騎往北浦。這裡有很多可疑的目標，我不知道應該從哪裡開始，冰谷說「總之先去看看城址公園吧」，所以我就聽他的了。

城址公園這名字聽起來很氣派，實際上卻沒有半點古城的樣子，是一所很和平的公園。我把腳踏車放在停車場，一邊上鎖，一邊說道：

「這次該不會又是燒腳踏車吧……」

冰谷笑了。

「一開口就說這麼嚇人的話。算了，畢竟我們是來勘查的。我覺得這次應該不是燒腳踏車。」

一月燒的是廢棄腳踏車，上個月我又親眼看到十幾輛腳踏車被燒。但我不覺得縱火犯會執著於腳踏車，他應該不會每次都選一樣的目標吧。

走進公園，裡面的路是乾的，但草地似乎濕氣很重，濕潤的青草味圍繞著我們。

「很有梅雨季的味道呢。」

冰谷指著地上的小草花，愉快地說道。那些花是粉紅色的，形狀像鈴鐺一樣，挺可愛的。我沒有回答。

「是紫斑風鈴草。」

冰谷笑著說。

「我沒研究過花的名字。」

「我也不是很懂，但我至少知道紫斑風鈴草，這是常識。」

他是暗指我沒常識吧。我不高興地丟下冰谷，自己先走了。

現在沒下雨，但天空陰陰的，太陽在灰白的天空若隱若現。濕熱的空氣令人不太舒服，但是沒有陽光直射會好一點。再怎麼說，都比下雨來得好。或許大部分的人都是這樣想的，所以公園裡的人非常多。現在是星期六的白天，還可以看到闔家大小一起出遊。

而我眼中注意的只有可能會被縱火的目標。

冰谷跟在後面，一邊說道：

「對了，我看了這個月的《船戶月報》。你的文筆還是一樣流暢，但寫法似乎有些不同。」

我頭也不回地說：

「要維持熱度啊。」

報導收到的迴響還是很多，跑來印刷準備室的學生也是不減反增。

但是被丟進垃圾桶的《船戶月報》卻沒有大幅減少的跡象。這系列的報導引起廣泛討論，勾起了大家的興趣，但是這些連續縱火案……該怎麼說呢，好像少了一些爆點，既沒有冒出濃煙也沒有燒起熊熊火焰，沒有足夠的力量吸引船高學生的心。如果想讓大家覺得「真期待下一期的《船戶月報》，這個月的要好好保存下來」，就得把這個題材炒得更熱。

我已經訂好了逮捕縱火犯的龐大計畫，但是在抓到人之前得先維持住熱度，而我想到的方法就是取綽號。

「叫『Fireman』是不是太直接了些？」

我這麼一說，後面就傳來竊笑聲。

「你明明是在自嘲，語氣中卻充滿自信呢。」

「……或許吧。」

「你在裡面藏了訊息吧。」

我把所有事情都告訴冰谷了，包括縱火犯依照「防災計畫」作案的事，所以冰谷看出「Fireman」這個綽號不只代表縱火之意，還暗示著「消防員」。

「真希望我們的社員腦袋也有這麼靈光。」

我對這個綽號非常有信心。表面上很直白，卻暗藏著另一層意思，真是無懈可擊。但我在校刊社裡卻被批評了，高一的本田說「這名字太遜了」。五月去監視時，這傢伙明明離縱火犯最近，卻什麼都沒看到，他現在應該要乖一點才對。

冰谷說：

「可是有點遜耶，我覺得要再多花點心思。」

……有這麼糟嗎？

「而且我說的不是綽號的事，而是報導的風格，還是該說寫法……算了，無所謂啦。」

這畢竟已經是第五次的報導了，我自己是沒發現啦，或許真的有些改變吧。

那些紫斑風鈴草似乎不是野生的，而是人工種植的。仔細一看，到處都開滿了花。我不禁想到，花圃也有可能遭到縱火，雖然燒花不會造成嚴重損害，但感覺罪孽更深重、更不可原諒。這會不會更適合作為縱火犯的自我宣傳呢？我的猜測沒有任何根據，只是突發奇想。

「對了。」

一直跟在後方的冰谷不知何時走到我的身邊，表情十分輕鬆，看不出來是認真還是不認真。

「幹麼？」

「如果你想勾起讀者的好奇，不是還有其他情報嗎？你打算藏著那個到什麼時候啊？」

「那個喔……」

我很清楚冰谷指的是什麼。遺留在現場的痕跡，也就是縱火犯的署名。去調查縱火現場時，冰谷發現的痕跡。

Fireman 縱火的地點都留下了相同的痕跡。在火災現場必定會有東西被打壞。說「打壞」不夠精準，更正確的說法應該是留下了被鐵槌之類的東西敲打的痕跡。

根據園藝社社員的證詞，第一次火災不只是割下來的草堆被燒，還有一把鐵槌被偷了。我不知道 Fireman 用的是不是園藝社被偷的那把鐵槌，總之那傢伙在每月第二個星期五縱火時，都會用鐵槌敲打縱火現場的某樣東西。

我把蒐集來的所有資料都交給校刊社的社員了，其中也包括園藝社鐵槌遭竊的情報。

葉前路邊的交通告示牌凹陷。

西森兒童公園的樹枝被折斷。

小指建材堆放處的水泥牆上的痕跡。

茜邊的也是行道樹。樹皮被撕開多處，悽慘地露出了裡面的木質。

津野的廢棄車輛被折斷了後照鏡。

日出町的塑膠公車站牌被打穿了。

華山的停車場裡，被燒的機車旁邊有其他機車的坐墊被撕裂了，車主氣得要死。

再來是上町。禁止進入的招牌有一道刮傷，還被敲得凹凸不平。

……可是至今還沒有任何人注意到。

「我本來以為你不公開是為了留下來當王牌，準備寫一篇『可惡縱火犯留下的痕跡！』之類的報導，順便附上照片。可是你好像不打算這麼做。」

冰谷好像很不滿。

這是當然的，因為發現那些痕跡的不是我，而是冰谷。一月我第一次和冰谷出去調查時，拍下了葉前的交通告示牌，但是後來在西森和小指也都是冰谷告訴我現場有那些痕跡。

我沒有把這些事寫在報導裡。

我走在暑氣蒸騰的公園裡，一邊思索著。冰谷比任何人都可靠，我應該向他好好解釋才對。

現在解釋也不算晚。

「你說那個啊，在抓到縱火犯之前都不會寫。」

「……因為你只想報導自己發現的事嗎？」

「不是這樣啦。」

冰谷比我想像的更在意這件事。我加強了語氣：

「不是為了我廉價的自尊心，而是有更重要的理由。我在最初的兩次報導沒有寫出來，確實是打算把這個保留下來當王牌，但現在不是為了這點，我有其他理由。」

「什麼理由？」

冰谷用眼神示意我繼續說。

「我不是說過嗎？堂島學長退社之前最擔心的就是有人模仿作案，如果《船戶月報》連鐵槌的事都寫出來，以後就分辨不出是不是有其他人模仿作案了。」

「你跟我說過，之前的社長就是因為沒察覺這件事才引咎辭職的。」

「當時學長說過，校刊社必須隱瞞連續縱火的規律，才能分辨出作案的是Fireman還是模仿者。只要在報導裡說我們分辨得出來，就算校刊社繼續預測下次地點，也不會引起模仿犯罪。校刊社全體社員都知道『防災計畫』的規律，但『鐵槌的痕跡』是要保留下來的王牌。」

冰谷沉默片刻，然後喃喃說道：

「原來你那樣寫是為了這個理由，為了保留『只有真凶才知道的事實』。很聰明嘛。」

冰谷的理解能力真的很強，如果他是校刊社社員就好了。我點頭說：

「是啊。雖然沒辦法公開，但我絕對不會把你的發現視為無物。你就別放在心上了。」

冰谷聽了便把手放在我的肩上。他說的話比我想像的更溫和。

「瓜野，你改變了呢，該說是環境塑造個性嗎？很有說服力喔……我不會不高興啦，知道你有理由就好了。」

然後他放開手，指著公園的角落。

「你看那裡。」

冰谷指著一座小山丘上類似涼亭的建築物，和草地上一條細細的小徑相連。那裡好像是個不錯的休息處，有幾個人坐在裡面。

我凝神注視。現在有人在裡面休息，但深夜裡不可能有人，可以悄悄地靠近，而且建築還是木製的。

「對耶。木頭燒得起來，有可能遭到縱火。」

這建築很有可能被 Fireman 選為六月的目標。但冰谷露出苦笑。

「你真的一開口就很嚇人耶。不是啦，我是想說現在很熱，要不要去那邊休息。」

喔喔，現在確實又濕又熱。

「你早說嘛。」

我為遮掩尷尬而抱怨，冰谷無聲地笑了。

我們爬上泥土坡道。剛走進公園時，泥土還是濕濕軟軟的，我們邊走邊聊沒多久，地面就已經乾了許多。天空依然陰沉，但氣溫還是有在上升。

有一對看似夫妻的男女坐在涼亭裡，亭子很寬闊，還有很多空間，我和冰谷在距離那對夫妻稍遠的地方坐下來。正方形涼亭的屋頂很高，又沒有牆壁，十分通風，涼爽得超乎我的想像。我們並肩坐在一起，為了不糟蹋這份涼爽，我和冰谷拉開了一些距離。

「這種情境不太常見呢。」

冰谷說道。的確，兩個高中男生一起坐在公園的涼亭裡乘涼真的有點奇怪。不過天氣這麼熱，一起乘涼也沒什麼好害羞的。冰谷抬頭看著屋頂，喃喃說道：

「話說回來，我有一件事必須向你道歉。」

突然聽到他這麼說，我完全摸不著頭緒。

「道歉？為什麼？」

「我不知道你還記不記得……」

冰谷垂下視線。

「大概在去年暑假剛結束的時候吧，你很想報導某個事件。」

我點點頭。我那時很想報導去年暑假發生的綁架案。如今回頭再看，一切都是從那件事開始的。

「我當時不明白你為什麼要這樣做，你回答說這是你想做的事，因為你不希望什麼都不做就畢業了，這樣只是在重複國中三年的情況。我現在才敢告訴你，其實我當時很不屑，覺得你說的話很孩子氣。」

他露出淺笑，如此說道。

「我們空閒的時間不多，每天只能照著行程表做事，日子一下子就過去了。就算要追求名聲，也只限於船戶高中之內。追求這種小里小氣的名聲實在太無聊了。

不過，你在那之後真的漸漸出名了，還當上了社長，就算時間不長，但你確實在學校引起了一陣風潮。那個事件越演越烈，市民的反應也越來越大，又是主動巡邏又是防災訓練，連新聞都報出來了。」

「嗯嗯，我也看到了。」

「不過你對此依然不滿足，還繼續想著如何維持熱度。如果你的計畫真的成功了，說不定會收到警方的感謝狀呢。

相較之下，我光是每週六天上補習班就快累翻了。就像我想的一樣，時間一下子就流逝了。」

冰谷握緊了拳頭。

「其實我每個月看到你的報導，都覺得很舒暢、很痛快。該怎麼說呢?不是因為報導本身，而是我一想到你這麼努力，心情就會比較釋然……所以我覺得必須為了嘲笑過你的事道歉。」

冰谷講到這裡停頓一下，然後自嘲地說：

「說這種話很奇怪吧?」

「不會……我才要感謝你幫了那麼多忙。」

「我又沒做什麼，只不過是在背地裡小小地惡作劇罷了。不過……」

他似乎不喜歡沉默的氣氛，又繼續說下去。

「報導寫說『期盼 Fireman 這個月就會遭到逮捕』，你是打算親手抓到他嗎?」

那還用說。我點點頭。

冰谷的表情變得有些黯淡。

「我不想潑你冷水，不過這個月或許沒辦法。」

我皺起眉頭。

這個月的目標北浦町是新開發的區域，我們所在的城址公園並不老舊，連綜合運動場都是前年才蓋好的。也是因為這樣，北浦町的街道很寬敞，很適合從事監視行動。
「我沒有把事情想得太簡單。如果有多一點社員就好了。」
「我不是這個意思啦。我好像很容易被誤解呢。」
冰谷苦笑著說，然後伸出手指，從沒有牆壁的涼亭裡指著天空。
「天氣預報說下星期的天氣不太好。我不知道 Fireman 碰到下雨天是否還會照樣出來縱火。」
原本就很陰沉的天空不知何時暗了下來，仔細一看，公園裡的人變少了，涼亭裡的那對夫妻也不見了。應該快要下雨了。
「原來如此……」
很有道理。依照我的想像，縱火犯是開車作案，所以下雨也沒有影響。不過，我確實該考慮到他有可能在雨天停止行動。
而且校刊社的社員士氣那麼低落，叫他們在下雨天去監視，他們一定很不情願。真希望到時是晴天……
冰谷看到我苦思的模樣，很同情地說：
「雖然不是故意的，但我似乎還是潑了你冷水哪。」

◇

六月十三日，本月第二個星期五。

現在該擔心的不是下不下雨那種小事。明明還沒到颱風的季節，卻有個大型強颱逼近日本，雖然不會登陸，但整個木良市都籠罩在暴風圈中。上午情況還好，下午就下起了傾盆大雨，甚至發布了豪雨洪水警報。

雖然連續縱火已經很不正常了，但我不認為縱火犯在這種天氣還會規規矩矩地跑出來放火。暴風圈直到深夜都不會離開。我經常聽說有人在颱風天跑去看河水暴漲的樣子而死掉，如果為了出門縱火而死在颱風天，那也太好笑了。

我告訴校刊社社員說若是晴天就要去監視，陰天一樣要去，若是下小雨也要去。但若下起豪雨就沒辦法了。社員們一定都是放學後就回家了，但我猜想或許會有一兩個人出現，為了慎重起見，我放學後還是去了印刷準備室。

門沒有上鎖，社辦裡面有人。可能是比其他人更有幹勁的一畑，再不然就是身為學長所以比較有責任感的五日市。

「唷。」

我低聲說道，一邊打開了門。

在社辦裡的既不是一畑也不是五日市。校刊社裡只有男生，這人卻不是男生。她坐在椅子上，背向雨水敲打的窗戶，微笑著說：

「你終於來了。」

「小佐內……」

「我就知道你會來。」

她身上穿著白色的夏季制服，只用左手靈活地拿著文庫本。她把書本放在桌上，歪頭窺視著我的表情。

「妳是怎麼進來的？」

我脫口問道。小佐內吃吃地笑著說：

「怎麼進來的……當然是從門口走進來的。」

「門鎖呢？」

「我去教職員辦公室，說我是校刊社的，老師就把鑰匙給我了。啊，老師還要我轉告大家『颱風快來了，早點回家』。」

小佐內不是校刊社的社員，但她卻一點都不心虛。算了，這不是什麼大不了的事，沒必要大驚小怪。我把書包放在桌上。

「是啊，再不快走就走不掉了，雨已經下得很大了。」

「這個颱風帶了很多水氣，風倒是不強。」

雨水在風的吹拂下還是斷斷續續地猛烈潑灑下來。這裡只有小佐內一個人，其他社員果然全都回家了。

「不過今天是十三號星期五，讓人有些擔心，還是早點回家比較好。」

「妳會擔心這種事啊？」

「嗯？」

「覺得十三號星期五不吉利。」

小佐內熱愛甜點，既然她有這種少女風格的喜好，會在意占卜或迷信也不奇怪。不過她以前從來沒表現過這一點，所以我還是有些意外。小佐內微微一笑。

「是啊，感覺好像會發生什麼不好的事。」

然後她似乎突然想起某事。

「啊，說到星期五就讓我想到，我看了前陣子的《船戶月報》，你很努力呢，Fireman這個名字是你想的嗎？」

是沒錯，不過被冰谷批評之後，我就不太有自信了。小佐內似乎看穿了我的心情，她說：

「我覺得挺不錯的。」

聽到她的誇獎反而讓我覺得「真的有這麼差嗎？」。我覺得Fireman一詞的含意很貼切啊……

「謝謝妳看了我的報導。」

本月一號分發了《船戶月報》之後，小佐內就傳過訊息給我，說「我看到了，你很努力」。如今她又重新提起，或許是有其他想說的事。我忍不住問道「妳到底想到了什麼？」，小佐內露出了猶豫的表情。

「只是一件小事啦，非常小的事。」

「喔喔。」

「……報導裡面有一個錯誤。」

或許是因為她的態度太愧疚了，我並不覺得受到打擊。那篇報導很長，出現一些錯誤也是在所難免。我一派輕鬆地問道：

「哪裡錯了？」

「嗯。五月十日星期六上町一丁目的高架鐵路下方有十幾輛廢棄的腳踏車遭到縱火……應該是星期六吧。」

我是這樣寫的嗎？那麼瑣碎的細節，我一時之間記不得。好像真的是吧。我抓抓頭說：

「我會再去檢查的。」

然後又說：

「那妳為什麼在颱風天跑來社辦等我？只是為了告訴我這件事嗎？」

「不是，這件事只是突然想起來的。那個……」

小佐內說到這裡就吐了一下舌頭。

「我有話想跟你說，但手機沒電了。最近電池不太正常，所以沒辦法打電話給你。」

「可以回家之後再傳訊給我啊……」

「那樣也行啦，但是比起打電話或傳簡訊，我更喜歡當面談話，因為這樣比較開心，不是嗎？」

聽她這樣說，我當然開心。

「我懂了。不過還是要早點回家，不然就太危險了。妳要跟我說什麼事？」

「有三件事。」

小佐內這麼說道，但她只豎起兩根指頭。她自己沒發現嗎？

「……不過有一件不需要說了。如果你今晚要去監視，我有事想要問你。」

「今天應該沒辦法了。」

「嗯。」

看她一臉遺憾地點頭，我忍不住想要問問看。

「如果我要去監視，妳想問我什麼？」

「啊，嗯……沒什麼大不了的啦。」

小佐內扭扭捏捏地偷瞄著我，然後小聲地說：

「我只是想問，你在北浦町的哪些地方安排了人？」

我已經反省過上個月的行動了，所以這個月安排得更周詳。因為人手不足，我還叫高一社員找朋友來幫忙。就算準備得這麼周全，還是敵不過天災。可是……

「妳為什麼想要問這個？」

小佐內露出驚慌的態度。

「啊？只是有一點好奇啦。」

我不明白她為什麼對這種事感到好奇，但是一直追問下去也太小心眼了。

自從我在某天放學後對小佐內發動進攻之後，她對我並沒有表現出排斥的反應。和小佐內交往很愉快，因此我不想勉強她。反正她從來不會要求我什麼事，所以我也不可能變成馬子狗。

「唔，那就下次吧，如果放晴的話……那第二件呢？」

「嗯！」

她的眼中迸出精光。我們交往已經將近一年，所以我很清楚，小佐內只有講到甜點的時候會露出這種眼神。

「那個，有一間店叫『Tinker and Linker』，那裡的水蜜桃派很好吃。那間店去年關門了，我還以為沒得吃了……可是車站附近又開了一間新的蛋糕店，叫作『Tinker Tailor』，他們也有賣水蜜桃派喔。」

果然是這樣。我不禁苦笑。

「那真是太好了。」

「嗯，太好了。然後啊，等明天颱風過了，應該就會放晴了。瓜野，你週末有事嗎？」

沒事。就算有事，既然小佐內約我，我當然是以她為優先。

「沒有。不過還不知道週末會不會放晴。如果放晴，那就去吧。」

小佐內活力十足地接連點頭。

此時颳起一陣強風，玻璃窗用力搖晃。我們兩人都警戒地望向窗戶。不知道是不是我神經過敏，雨好像下得更大了。

小佐內鎮定下來，說道：

「看來應該快點回家。」

「是啊。不過第三件事呢？」

「第三件？」

她訝異地問道。

「妳一開始不是說有三件事嗎？」

「沒有……我要說的只有兩件。啊，對了，這個。」

她把手伸進裙子的口袋，拿出一支鑰匙。

「不好意思，請你幫我把鑰匙拿回教職員室。我不太會應付今天值班的老師。」

小事一樁。小佐內把鑰匙交給我以後，看看手機顯示的時間，站起來說：

「明天見！如果放晴的話！」

她背起書包就要離開印刷準備室。我理解她焦急的心情，因為風雨越來越大了。我不知道小佐內住在哪裡，她平時都是騎腳踏車上學，想必不會住得太近。

我也要回家了。我不經意地環視社辦一圈，突然發現一樣東西。

桌上有一本文庫本，那是小佐內剛剛看的書……她太急著回家，忘記拿書了。

「真是的……」

真罕見，我從來不覺得小佐內很精明，但她也不像很容易掉東西或遲到的人。乾脆把書帶回家吧，如果明天放晴，就可以直接拿給她了。不對，現在正在下大雨，帶書回家一定會弄濕。還是留在這裡，等星期一再還她吧。

書的封面朝向下方。我隨手翻過來看，書名有些奇怪，看不出是什麼內容。書中夾著一張白紙，大概是收據吧。上次她也是把收據當成書籤。她經常這樣做，這是她的習慣嗎？

……真想把那天的事從我的記憶中抹去。

小佐內留給我當作紀念的收據已經被我丟掉了，因為我光是看見那張收據就覺得丟臉。這本書裡夾著收據，令我不禁回想起那件事。

我拿起文庫本。

我不是要拿起來讀。我把手指插在夾著收據的那一頁，然後抽出收據。現在看到收據，我還是覺得很丟臉，連我都不明白自己為什麼還要刻意把收據拿出來看。那應該是這本書的收據，含稅是六百零九圓。小佐內付了剛好的零錢，沒有找零。

這樣好像是在偷窺小佐內的生活，太下流了。我突然對自己的行為感到厭惡，正準備把收據放回去時……

「啊……」

我不禁發出驚呼。

收據清楚地打上了店名和消費的日期時間。我不自覺地握緊小小的文庫本。

三界堂書店

北浦店

感謝您的惠顧

6/12(四)23:51

文庫版	¥580(不含稅)
小計	¥580
稅金	¥29
總計	**¥609**
現金	¥609
找零	¥0

風雨持續地敲打在玻璃窗上。

4

在健吾傳來訊息之前，我都沒想起今天就是「那一天」。

今天是搶在夏天之前到來的大熱天，天空從一大早就看不見一片雲。在悶熱的暑氣中，我想起了一件事。本市有一間蛋糕店叫「傑夫貝克」，店面很小，店員也不親切，但是到了夏天就會販售特製的夏洛特蛋糕。這種蛋糕取名叫夏洛特聽說是因為長得像帽子。

去年的某個大熱天，我吃到了夏洛特蛋糕，那真是太美味了。我並沒有特別愛吃甜點，但是那種蛋糕讓我真想再吃一次。我尋思著要在回家的路上順便去買來吃。滿心期待地到了放學後，正在收拾東西準備離開，手機突然震動起來。是堂島健吾的訊息，裡面寫著：

『準備好了。你先來一下，我再跟你說。』

我一時之間還沒有會意過來，操作手機叫出月曆，我才發現今天是七月的第二個星期五，連續縱火的日子。如果《船戶月報》的報導沒錯，今天就是縱火犯第九次作案的日子。

今天是要把被取了難聽綽號的縱火犯揪出來的重要日子。計畫是我想的，所以健吾要求見面，我當然不能拒絕。我認命地走向健吾的教室，心中還是免不了感到厭煩。

健吾的教室還有很多人，五月約五日市見面那天明明沒有其他人。留下來的學生都攤著筆記本或參考書，再不然就是在寫題庫，令人不得不想起大學考試的關鍵時刻——高三暑假——即將到來的事實。

健吾沒有坐在自己的座位，而是走到遠離其他人的角落，把手機放在桌上。

「校刊社正在開會，結束之後，五日市會通知我們。我跟他說傳訊息就可以了，若能親自過來就來這裡。」

健吾板著臉說。桌上有一張影印紙，那是《船戶月報》七月號第八版的影本。

我瞄了一眼，說道：

「真長。這個是不是寫得越來越長了？」

「是啊。」

健吾一臉苦澀地點頭。

「篇幅增加很多。原本只是用刪減編輯後記空出來的版面寫專欄，但現在又刪減了其他報導，增加更多版面。」

「這種事不是很常見嗎？」

「不，原則上不該這樣做，而且會打亂版面設計。」

我知道健吾是校刊社的前社長，聽他說出版面設計這麼專業的詞彙，我還是覺得怪怪的。

「既然違反了原則，你可以用前社長的身分提出抗議啊。」

我隨口說道，但健吾露出不悅的表情。

「前社長算不了什麼。這是現任社員的決定，我沒辦法干涉。」

我真該誇獎他是個懂分寸的學長，不過我覺得專欄篇幅增加多半不是「現任社員的決定」，而是瓜野一意孤行的結果。不管真相如何，這都不是我該管的事。我望向桌上的報導。

（七月一日　船戶月報　第八版）

各位同學注意到了嗎？我們校刊社持續追蹤報導的事件、從去年十月不斷發生的連續縱火案出現了一些改變。

被我們稱為 Fireman 的縱火犯在上個月並沒有作案。

在上個月，木良市內依然發生了幾件火災，其中也有疑似人為縱火的案件（六月十九日發生在茜邊一丁目的火災），但是經過校刊社的檢驗，那次火災並不是出自 Fireman 之手。也就是說，連續縱火案突然中斷了。

Fireman 停止縱火了嗎？

事實並非如此。我們在此公布真相：Fireman 縱火的時間都是固定在每月第二個星期五的深夜至星期六的凌晨，而六月的這個日子，也就是十三日深夜至十四日的凌晨，剛好碰上颱風來襲，Fireman 只是因為強烈的風雨而暫停作案。

一個月中斷作案能讓他改過自新嗎？我們也如此期盼，但筆者不認為事情有這麼樂觀，若是本月第二個星期五沒有下大雨，他很有可能再次作案。

我們校刊社預測，Fireman依然會在北浦町下手，這或許是他的規則吧。（瓜野高彥）

——

「他的規則啊……」

我嘆著氣，喃喃說道。

「你想說縱火犯或許是女生嗎？」

在等待聯絡時，健吾也沒事幹，所以才回了我這句無聊話。

的確，瓜野已經認定縱火犯是男性，但我要說的不是這件事。

「我是不明白他為什麼認為縱火犯會繼續選擇北浦。」

「這個嘛……」

健吾也望向報導。

「如果縱火犯早就計畫幾月要在哪個消防分局的轄區作案，或許會以計畫為優先。北浦分局的下一個是？」

「針見分局。你想得也很縝密嘛。」

健吾露出不高興的表情。

「這點小事根本用不著想。」

有必要如此強調「自己想到的事情沒什麼大不了的」嗎……

「別笑。」

「我又沒有笑。你說得沒錯，縱火犯有可能一開始就訂下行程。如果是我也會這麼想，因為有一個理由。」

「什麼理由？」

「嗯……」

我往後靠在椅背上。

「縱火犯第一次作案是在葉前，之後每個月都換一個木良市消防分局的轄區。」

健吾的表情和態度明顯地表示出「現在何必又說這些」。好有魄力啊。他升上高三以後，架勢更勝高一的時候。我一邊這麼想，一邊繼續說道：

「可是，健吾，你有算過木良市有多少間消防分局嗎？」

他的表情和態度又明顯地表示出「沒有」。我想健吾將來就算走上歪路，也不可能加入詐騙集團。

「總共有十二間。」

「十二？意思就是……」

「嗯。」

我笑著點頭。

「一年之內就能在所有分局的轄區縱火。縱火犯若把消防分局的數量看得比縱火日期和順序更重要也不奇怪。」

健吾稍微探出上身。

「難道接下來會是針見？」

我忍不住皺起臉。

「沒有難道。接下來還是北浦。放心吧，錯不了的。」

我望向黑板上的時鐘。現在是白天比較長的季節，所以離傍晚還很久。體育社團都還在操場上沐浴著紫外線。校刊社開會不知道還要開多久。這又不是坐著討論就能解決的事，真希望快點處理完。我不確定「傑夫貝克」營業到幾點，再不快去的話，說不定夏洛特蛋糕就賣完了。

我正在這麼想，健吾卻看穿了我的心思。

「你好像很不高興。」

不愧是前校刊社社長，觀察力真敏銳。還是說，我把心裡想的事情寫在臉上了？不可能吧。

「……還好啦。」

「碰到這種事沒有人會高興的。不過，你是不是有什麼不滿？」

如此說著的健吾一臉凝重，彷彿他自己更是一肚子的不滿。其實我不高興的理由只是天氣很熱、想要早點回家，但我覺得這個理由很遜，所以掰了其他理由。

「是啊，我很不高興。有三件讓我不高興的事。」

有三件那麼多嗎？

「第一，明明可以傳訊息解決，為什麼我還得在學校裡等？」

「因為你一直不主動聯絡我。如果你事先叫我傳訊息，我當然會這樣交代五日市。」

唔，這的確是我的錯，我直到剛剛都沒想起來。

「第二，我很不高興六月下大雨。」

我透過五日市設下了圈套。

如果縱火犯在六月作案，就會自動洩漏自己的蹤跡，再利用這個情報，就能在他七月作案的當下把他逮個正著，這麼一來我在八月的暑假中就能全力對抗英語考試。這就是我的計畫。

結果當天卻下了大雨。

「今天應該會進行得很順利，但還是得再等一個月。要花那麼多時間真是麻煩。」

健吾大概也有相同的想法，他低聲地囁嚅說道：

「這是天災，沒辦法。」

算了，我的英語分數最近提升了一點點，還不需要太擔心。

好，我已經列出兩件令我不高興的事了，鬱悶的心情也宣洩得差不多了。不過我剛才說有三件事，因為三件聽起來比兩件更有分量，現在又該怎麼辦呢？

「那第三件呢？」

被他這麼一問，我才開始思考。這個事件讓我最不高興的地方是……

「只能默默等待事情發生讓我很不高興。」

健吾認真地問道：

「等待嗎……」

「是啊。我想要結束這些無聊事。雖然我還不知道小佐內同學跟這件事有什麼關係，但我真的很想讓它結束，如今卻要眼睜睜地看著事情再發生一次，這實在是下下策。我可不像校刊社只在乎做報導、想都沒想過要遏止火災。為什麼不想一個無須再讓火災發生就能結束的方法？」

我聳聳肩膀。

「這點讓我很不高興。」

我還以為健吾會發表意見，但他只是沉默不語。我也沒再繼續說下去，而且我確實對此很不高興，也跟著陷入沉默。桌上的報導真是太礙眼了。

既然不聊天，我還有其他事可以做。我從口袋拿出單字卡，開始背誦片語。健吾盤著雙臂閉著眼睛。

我心想，他這樣不熱嗎？

就這樣過了幾分鐘。一動也不動的健吾緩緩開口說：

「我想還是應該跟你說一聲。」

我沒想到健吾到現在還有事情沒告訴我。我放下單字卡。

「什麼事？」

一定是校刊社內部的機密事項吧。我本來是這樣想的，但他接下來說的話讓我完全猜不到。健吾說：

「我已經把事情告訴警察了。」

「啊？」

「去年因為石和的事，我認識了一位刑警。他打電話來約我見面，問我船高有人預測到縱火地點的事是不是真的。」

石和的事就是指夏季限定熱帶水果百匯事件。我當時沒有認識任何警察，但健吾並非如此。後來的事我都不知道。

健吾在那次事件中受了傷，雖然只是小傷，但他畢竟是傷害罪的受害者，自然會跟警察有更多往來。

「那你怎麼說？」

健吾不是第一次令我感到意外，但上一次是很久以前的事了。我的聲音不禁有些拔尖。

健吾也不太高興。他瞄了一眼還留在教室裡的其他同學，確定沒人在注意我們，然後才不悅地說：

「我哪能隱瞞什麼？我全都說了，就連縱火犯是照著消防分局轄區列表作案的事也說了。」

他聲稱全都說了，但我不確定他是不是真的全都說了。

「你到底說了多少？連我的計畫也說了嗎？」

「喔喔，我沒說這件事。畢竟現在什麼都還不確定。」

我放心了一點。

「還有，我也沒提到瓜野的名字。」

「你還是藏了不少事嘛。」

「他又沒有問。我只說『確實有這種傳聞』。」
所以他隱瞞了消息來源是校刊社，而且對方還是警察。
該怎麼說呢？健吾比一般人更有原則呢，如果是我一定會說出來吧。
「警察相信嗎？他們應該還沒注意到『防災計畫』的順序吧？」
「天曉得……」
健吾搖著頭說。
「反正他沒有表現得很意外。如果不相信，他可以再去問其他人。警察光是跑來找人問話就會引起關注了，找學生問話當然要更慎重。」
我有點驚訝，難道警局裡面有專門應對高中生的部門嗎？調查縱火案的應該不是那個部門吧？
「話說回來，縱火案不斷發生，警察一定會覺得臉上無光吧。」
「他也有跟我抱怨，說縱火只要丟下火苗，讓東西自己燒起來就好了，要調查很不容易。而且這種小火災通常不會留下明顯的證據，更難抓到現行犯。可是每一次的火災規模都很小，所以很難得到協助。
警察說，大約十年前本市也發生過連續縱火案，這我是沒聽說過啦，你知道嗎？」
真不巧，我對犯罪史不熟悉。不過警察竟然向健吾抱怨？我很想說「不愧是健吾」，但他應該沒有故意設計誘導對方吧。如果當時我也在場，一定很有趣。

「那次縱火案都是集中在縱火犯的住處附近，但是警察將近兩年都沒有抓到人。而且最後還不是在查案時抓到，而是縱火犯碰巧引起了巡邏警員的注意。」

「喔？該說碰巧抓到很幸運呢，還是該說兩年都沒抓到很不幸……」

「這次的範圍大到包含全市，所幸還有作案日期這個特徵。」

縱火的日子的確都是星期五深夜，但也不能因為這樣，在其他日子就不設防吧。

講到這裡，健吾就閉口不語。從那陰鬱的神情看來，和警察接觸的事似乎讓他充滿挫敗感……不對，不是這樣。他是抱持著覺悟，用「我想還是應該跟你說一聲」作為開場白說出這件事，所以令他感到挫敗的應該是校刊社吧。

良久以後，他才用沉重的語氣問道：

「喂，常悟朗，你覺得警察聽到我說了『船高的傳聞』以後會派出所有警力去北浦町嗎？」

「應該不會吧。」

「我想也是。」

木良市到處都是歷史性建築和人口密集地區，無論警察多麼相信「船高的傳聞」，如果根據這條情報把所有警力投注到北浦，實在是有傷顏面。

原來如此。我知道健吾不高興的理由了。

「不管怎麼說，縱火案已經發生那麼多次，警察一定會在星期五深夜加強巡邏的。」

「嗯嗯。」

「無論你說了什麼，或是沒說什麼，結果都一樣。」

「大概吧。」

「所以今晚如果有校刊社的社員被抓去輔導，也不能說是你出賣了學弟。」

健吾的表情頓時扭曲。他本來想說些什麼，但最後還是只說了「嗯嗯」。要當個好學長還真不容易。

看著他的表情，我不禁有些猶豫。

……或許我應該再告訴健吾一件事。從他剛才的話中聽來，警察似乎已經鎖定嫌犯了。

曾經有一位學生指導部的老師因為校刊社預測到縱火地點而懷疑縱火犯就在校刊社裡面，更具體地說，老師懷疑凶手就是寫報導的瓜野。

雖然那個老師的態度很歇斯底里，但他的懷疑確實有道理。如果不知道詳情，光是看到《船戶月報》和事情發展，任誰都會懷疑是寫報導的人自導自演。警察知道「船高的傳聞」，就代表他們也知道《船戶月報》的事，只要看到《船戶月報》就不可能不懷疑瓜野，畢竟專欄還附上了作者的名字。

截至目前為止，五日市都沒有提到瓜野被警方找去問話。雖然我跟瓜野不認識，但是從第三者的描述來看，他被警方找去問話一定會興奮地到處宣傳。既然沒有發生這種情況，可見警察只找了健吾，沒有接觸瓜野。警察為什麼不直接詢問傳聞的來源呢？

是因為不把「船高的傳聞」當成一回事嗎？或許吧。

如果不是因為這樣……那一定是為了放長線釣大魚。

因為火災規模很小，沒有明顯的線索，若不是當場抓到就很難逮捕縱火犯。如果警察也是這樣想，應該會暗中監視嫌疑最大的瓜野。如果隨便接觸瓜野，以致打草驚蛇，這樣雖然不會再發生火災，但也抓不到縱火犯了。

警察一定會在星期五深夜加強人手，準備在縱火現場把他逮個正著。

我是這樣想的，但我卻沒有告訴健吾。

說了也沒用，一切都只是我的猜測，就算真的被我猜中，我們也做不了什麼。

我又開始翻起單字卡，健吾也閉上眼睛，靜止不動。

過了幾分鐘，健吾放在桌上的手機發出震動。他慢慢伸出手，打開手機，貼在耳邊。

「喏。」

不是訊息，而是來電。似乎都是對方在講話，健吾什麼都沒說。最後他只說了：

「我知道，你自己小心點。」

然後就掛斷電話了。

我問都不用問就知道是誰打來的。一定是五日市，校刊社開完會他就打來報告了。我沒有開口，健吾簡短地說：

「沒問題。」

那真是太好了。我留到現在就是為了聽到這句話。

「你覺得會上鉤嗎？若是他發現了……」

「這只是在為下次計畫作準備，我已經想好了三個腹案。」

我抓起書包站起來。

「我要回家了，現在什麼都做不了。但願老天保祐校刊社的社員，讓他們當場逮到縱火犯。」

這樣的話就不用拖到八月了。好啦，去買夏洛特蛋糕吧。我正要轉身離去，我的手機卻響了起來。

「嗯？」

「怎麼了。」

「有訊息。會是誰呢？」

我一看寄件人，是「仲丸同學手機」。內容很簡潔。

『還在學校的話，就到教室來。』

仲丸同學會傳訊息給我已經很稀奇了。

而且簡訊裡面竟然沒有表情符號。

◇

健吾的教室裡還有幾個人在用功，所以我心想我的教室應該也還有其他人。

我拉開側滑門。

有著披肩大波浪頭髮的仲丸同學靠在窗邊，窗子開了一條縫，她的夏季制服裙子在風中輕輕搖曳。我感覺她的笑容有些僵硬，此外，教室裡並沒有其他人。

有一種熟悉的感覺。我好像在哪見過這種場面。

……啊啊，對了。那並不是很久以前的事，難怪我還記得。

去年，依然炎熱的九月某天放學後，我被放在桌子裡的一張紙條約出來。此情此景跟那天一模一樣，連夏季制服和微風都一樣。如果我記得沒錯，只有天空的顏色不同，那天的夕陽餘暉鮮紅得令人害怕，而今天的天空非常晴朗，從早上就看不到一朵雲，只看得見無盡的藍。

「你來了。」

仲丸同學說著，關上窗戶。我走進教室，順手關上了門。

「人都走光了嗎？E班還有很多人呢。」

「不久前還有人在。」

她不以為意地說道。

「是我叫他們出去的。」

我感覺舊日時光彷彿再次上演，心情頗愉快。仲丸同學的人際關係非常好，她大概會直接說「好啦，我要用教室，你們全都出去」，雖然仲丸同學沒有任何特權這樣要求，但同學們大概只會帶著苦笑乖乖離開。有些人就是天生占盡便宜，換成是我就做不到了。

「對不起，突然把你找來。」

她的聲音聽起來很沒精神。

「沒關係，妳什麼時候想找我都行。」

我笑著如此回答，她稍微低下頭。

「小鳩，你一點都沒變呢。」

為什麼突然這樣說？……也是啦，我剛剛才被健吾看穿，現在當然會注意不把心情表現在臉上。

仲丸同學會叫我來一定有事，但她之後卻沒再開口。明天就是週末了，她大概是要約我出去玩吧，還是要跟我安排暑假的行程？不過仲丸同學平時都口無遮攔，這有什麼不好開口的？如此看來，她想談的應該不是這些事。

我如此想著，望向不發一語的仲丸同學。過了很久，仲丸同學依然不看我的眼睛，低著頭說：

「……小鳩，你有什麼話想說，或是有事想問我嗎？」

「沒有啊。」

我立刻回答，仲丸同學一聽就呼了一口氣，抬起頭來，彷彿下定了決心。

「你一點都沒變呢，都快要一年了，你完全沒有改變。你從來不緊張，也沒有表現過厭煩，就只是一直像這樣笑著。」

我不知道自己是不是在笑，既然她這麼說，應該真的有笑吧。

仲丸同學平靜地說道：

「吉口同學已經告訴我了。你應該知道我的事吧。」

吉口？誰啊？大概是仲丸同學的朋友吧……

此時我才想到，我和仲丸同學的對話之中從未出現過吉口這個名字。老是做蠢事的人是三浦，想要當醫生、腦袋非常聰明的人是瀧。還有……真頭痛，我完全想不起來吉口是誰。我放棄硬撐，坦率地問道：

「吉口是誰啊？」

仲丸同學用凶惡的眼神看著我，她一定以為我是在裝傻。

「你不是向E班的吉口打聽了前女友的事嗎？」

「……喔喔。」

難怪我想不起來。如果是從健吾的口中聽到這個名字，那我就記得了，但是我沒想過仲丸同學會和那個「包包被偷的情報販子」扯上關係。這麼說來，「小鳩打聽前女友的消息」真的被她當成八卦散播出去了。

「好像有這麼一回事吧。那是有理由的，我也沒辦法。」

不過仲丸同學大概聽不進去任何理由吧。麻煩大了。

我本來這樣想，但仲丸同學在意的似乎不是這一點。

「無所謂，你不需要解釋。我想問的是，你也知道我的事了吧？」

當時我得到的情報是「小佐內同學和瓜野之間有聯繫」。我早就隱約料到這個可能性，但確定之後就更容易策劃了。除此之外……

對耶，我確實聽到了仲丸同學的事。

她除了腳踏兩條船之外還有真命天子。

「聽說你知道這件事之後，我一直很在意，不知道你會怎麼做。可是，你一點反應都沒有。」

「是嗎……」

「是啊。你還記得上次出去的時候嗎？我自己在那裡戰戰兢兢的，而你卻只在意番茄。」

番茄？是說我靠著無懈可擊的推理認定仲丸同學討厭吃番茄的那件事嗎？結果很遺憾，因為人心飄忽不定，害我的推理沒有猜中。此外，我不記得仲丸同學那天有戰戰兢兢的。有這種事嗎？

仲丸同學平時的語氣都很高亢，只有今天格外低沉，但又不是漠然，比較像是壓抑著感情。

「起初我以為你是因為相信我。因為你相信我，所以沒有把吉口的閒話當真。這讓我很內疚，虧你這麼信任我，我真是太差勁了。」

所以吉口同學的情報是真的囉？難怪健吾會為她掛保證。

「但事實不是這樣。」

嗯，的確不是。

「你只是不在乎而已。就算我腳踏兩條船，就算我另外有個真命天子，你也沒放在心上，還是一副若無其事的樣子。」

好熱。仲丸同學為什麼要關上窗戶呢？

我很想走過去開窗，但仲丸同學直視著我，眼睛一眨也不眨，讓我不敢隨便亂動。

「……我以前也碰過這種男生，是以前喔。他們總是一副滿不在乎的樣子，好像一切都和自己無關。我還滿喜歡這種類型的。」

仲丸同學的嘴角上揚了。

「就算是這種人，聽到我的八卦還是會有反應，有的會生氣，有的會變得更體貼，甚至有人會哭。我跟那些人都沒有交往太久，頂多只有半年吧。」

她好像很享受這種情況，簡直是上癮了。我不禁這樣想。

「可是，你完全沒有任何反應……就是因為這樣，我才會誤以為你很體貼、很有度量。」

「這誤會大了。」

仲丸同學根本沒聽到我說的話。她只是在自言自語。

「其實不是這樣。」

「真的嗎……」

「不是的。你沒有反應不是因為相信我，也不是因為很體貼或很有度量。我已經發現了。

你從頭到尾都沒有一點改變。從我去年在學校要求和你交往以來，你一點都沒有改變。我們明明約會過那麼多次，明明去了那麼多地方，但你從第一天到現在都掛著相同的笑臉。你看，現在也一樣！」

她指著我的臉說道。

……仲丸同學，用手指著別人不太禮貌耶。有些人遇到這種事可是會發火的。

雖然我不是這種人。

仲丸同學不知為何露出笑容。

「小鳩，無論是因為開玩笑而開始談戀愛，或是因為真心話大冒險而開始談戀愛，就算只是表面上做做樣子，戀愛就是戀愛，會讓人體溫上升。我很喜歡這種感覺，但你卻不是這樣。」

這不是她平時會有的輕鬆笑容。

「你是怎麼回事？交往了一年，表情都沒有任何改變，你到底是怎麼回事？我對你真是一點都不了解。你只是個性比較冷漠嗎？還是根本打從心底看不起別人？

我不認為你了解我。我和男友分手的時候，都會有一點不甘心，一想到男友和我分手之後會跟其他女生交往而有所改變，我就覺得不甘心。可是，我現在並沒有這種感覺，因為你不管和誰交往，一定都不會改變。你和之前的女友應該也是這樣吧？」

猜錯了。不是這樣的。

但我覺得仲丸同學永遠都不可能了解我。

窗外傳來體育社團跑步時的口號聲。差不多到了天色漸暗的時間。

「小鳩，你應該明白吧，我們已經結束了。」

「嗯。這點我還看得出來。」

「這是最後的機會了，我有一件想做的事，可以嗎？」

仲丸同學的眼中透露出惡作劇的神色。

「我可以叫你阿常嗎？這樣比較帥。」

我面帶笑容，一口回絕。

「不行。」

仲丸同學笑了，然後往教室外走。在教室中央擦身而過時，她回頭對我說：

「掰掰，小鳩。雖然我很差勁，但是你也很爛。」

嗯，或許吧。

深夜。過了凌晨零點不久，我收到了訊息。是健吾傳來的。

『計畫成功。校刊社失敗了。廢棄房屋的門柱遭人縱火，很快就撲滅了。』

我沒有回傳訊息。我窩在床上，長長地吁出一口氣，然後就進入夢鄉了。

我夢見自己在冥河的河邊堆石頭。

辛苦堆起來以後，我就自己把它推倒。然後又繼續堆，又再次推倒。我懷疑自己根本不想把石頭堆起來。

這是在作夢，還是我在半夢半醒之間的恍惚想法呢？

不管事實如何，隔天早上我醒來之後第一件做的事就是刪電話簿。刪除「仲丸同學手機」。

第五章　仲 夏 之 夜

1

船戶高中的校舍在暑假也有開放，主要是為了社團活動，還有人來學校是為了用功，但人數不多。學校沒有冷氣，相較之下圖書館涼快多了，只要占得到位置的話。

八月八日。校刊社社員聚集在悶熱的校舍裡，包括高一的一畑、原口、江藤，還有新加入的兩位新社員——棚田和溝渕，他們一定是被校刊社的奮鬥感動了。

高二的有五日市和我。除此之外，還有社員們從朋友圈找來的七位援軍，總共十四人，這就是校刊社今天的全部兵力。全部都是男生。

印刷準備室太小，又塞滿了雜物，十幾個人待在裡面太擠了，所以我們聚集在走廊上，圍成一個圈。

我沒有開口，負責致詞的是一畑。

「呃，今天就是決戰之日。校刊社在五月和七月都搶先發現了火災，卻都被縱火犯逃掉了，如果再讓這種事發生第三次，那就太愚蠢了。今天我們一定要逮住縱火犯，讓這一切都結束。大家一起加油吧。」

他的措詞很溫和，但語氣之中充滿了熱情，其他社員都聽得一臉肅穆，可以感覺到士氣高漲。四月才剛加入、還不太管用的高一社員們也漸漸變得比較可靠了。

五日市接著說明具體的行動步驟。

「雖然我們想要逮住縱火犯，但是大家千萬不要太衝動，能逮到人是最好的，不過縱火犯可能帶了凶器，為了安全起見，只要能拍到照片就好了。所有人都有照相機吧？」

眾人紛紛點頭，可是校刊社裡有數位相機的只有我和原口，其他社員都是用手機的照相功能來代替，找來的援軍之中可能有人連手機照相功能都沒有。縱火案都是發生在深夜，如果不是有閃光燈功能的相機，根本派不上用場，相較之下拋棄式相機還比較有用……

但我沒有把心底的話說出來。五日市發下地圖，分派每個人的監視地點。我靜靜地看著他的行動。

「還有，警察已經加強巡邏了，雖然我們是要解決縱火案，但警察不一定會接受我們的理由。五月有一個人被警告了，上個月高一的本田也被警察叫住，狠狠地罵了一頓。千萬不要覺得事不關己。本田還算是幸運的，下次再被抓到就不知道會怎樣了。」

本田已經退社了，我沒有挽留他。

五日市的說明透露這次的行動有危險，但社員們現在已經不怕那些事了。目前還留在社團裡的，只有不會畏懼這些事的人。

他們會逐漸成長的。我沒有說話，只是默默地想著。

我保持沉默是有理由的。

第一個理由是，我認為社長不應該下達瑣碎的指示。人員佈署圖是我排的，不過分發和說明不一定要我本人出馬。

我並不是一開始就這樣想，是五日市不久之前說「這種瑣碎的事情交給我就好了，你專心地寫報導吧」。話說回來，影印機的操作方法、採購紙張、分發《船戶月報》到各教室之類的事務都已經交給高一社員了，這當然是為了讓他們學習，但五日市說不定誤會我只是偷懶不想做這些雜務。事實上，五日市接下了那些瑣事的確幫了我一個大忙。

除此之外，還有一個更重要的理由。

我現在忙著思考。八月八日不只是決戰之日。我一直在思考……我已經想了將近一個月。

對校刊社來說，七月是非常忙碌的。

依照慣例，七月一日要發行《船戶月報》的七月號，我們身為學生，也得準備第一學期的期末考，接著在暑假到來的短暫時間之內要做好《船戶月報》八月號，並且在七月的結業典禮時送出去。雖然日程非常緊迫，但我在這段時間依然不斷地思索，拜此所賜，我期末考的結果簡直慘不忍睹。

——Fireman是誰？

我不曾用心想過這個問題。高一的時候，我光是要把「下一個地點」刊登在《船戶月報》上就搞得焦頭爛額了，我心裡想的只有要怎麼說服堂島社長，要怎麼應付門地，要怎麼擺脫學生指導部，至於Fireman的身分，我連想都沒想過。

升上高二又當上社長之後，我最大的目標變成了拍下Fireman縱火的瞬間，如果可以，最好能親手抓住他。因為我知道縱火犯會在哪裡現身，再來只要逮住他就好了……反正只要抓到人就好，思索Fireman的身分根本沒有意義。

但我也不是完全沒有想過。

Fireman是根據木良市的「防災計畫」來決定目標，因為只有「防災計畫」上的消防分局順序和縱火案發生的順序一致。由此可見，Fireman是可以拿到「防災計畫」的人，也就是消防員，或是排定防災計畫的市公所職員。我是因為知道這一點，才幫縱火犯取了「Fireman（消防員）」的綽號。

Fireman都是在深夜出動，而且活動範圍非常廣。我記得曾經跟堂島學長談過這些事，我根據廣大的作案範圍判斷縱火犯是開車行動的，但堂島學長不認同，他覺得只要有腳踏車就行了。

總結來說，我對縱火犯的想像是「對木良市的消防體制心懷不滿、想要挑戰他們的人」。他滿腔熱血，忍受不了現狀，所以才刻意縱火，以凸顯消防體制的缺失。這就是我對凶手的側寫。

但是沒有任何證據可以支持我的意見。我放下先前的側寫，重新思索Fireman是怎樣的人……Fireman究竟是誰？

我不斷地思考。

有人戳了我的手臂。我愕然轉頭，五日市小聲地叫著：

「瓜野。」

十三名屬下全都看著我。為了在今天逮到縱火犯，所有人都在等著我的指示。

等我開口以後，計畫就會開始啟動。集合時間是晚上十一點，地點是木良市針見町，每個人在地圖指定的地方待命、巡邏、等待縱火犯現身。現在我只要開口說一句「解散」就行了。

我並沒有事先打草稿，不過看見大家都充滿鬥志地準備決戰，演講就自然從我的口中湧出。

「去年十月，在葉前發生了第一次的火災，如今已經快要一年了，十個月之中發生了九次縱火，無論是警察、消防局，還是我們校刊社，都沒辦法阻止火災發生。只有一次是因為下雨而中止，實在太沒面子了。

但是這次不一樣，我們已經做好萬全的準備，社員也都有經驗了，而且今天還有這麼多人來幫忙，我想，大家一定都感覺得出這個月很有希望。當然，我本人也是。」

我喘了一口氣。

「我一開始決定要報導連續縱火案時，遭到強力反對，當時的社長和其他學長都說《船戶月報》不是用來做這種事的。後來在一些巧合和幸運的幫助之下，好不容易才開始報導。

當上社長以後，我的目標變成了抓到縱火犯。我在大家面前一向表現得很堅定，其實我也懷疑過到底能不能做到。即使懷疑，我依然繼續向前邁進，所以才能走到這一天。」

我正要說「可是」。

可是，我現在又開始懷疑了。插手這件事真的好嗎？如果我聽從學長們的意見，安分守己地依照往年的習慣、只報導學校例行公事，如今就不會這樣自我懷疑了。

我把這些話吞了回去。現在不是抒發個人感傷的時候。我必須以校刊社社長的身分帶領他們。

我猛然抬頭。

「事情在這個月就會結束，不會有下次了，因為我已經知道縱火犯是誰了。」

聽到我這句話，眾人都騷動了起來。有人一臉錯愕，也有人很想詢問縱火犯是誰。

「不是今晚抓到人，就是明天直接去找他，事情一定會解決。我相信，校刊社絕對會獲得勝利。就這樣。解散。」

我沒讓任何人發問，逕自離開了學校。

因為我得先去一個地方，反正他們很快就會知道了。

2

這實在不是愉快的夜晚。

我以前很愛揭發別人的祕密，從錯綜複雜的事態之中指出事實。我非常沉迷於那種痛快感，我喜歡在周遭人們都還搞不清楚狀況時，把真相拋到他們眼前，感覺就像朝他們丟了一顆炸彈，這比什麼事都更能滿足我的惡作劇慾望和自尊心。

我幹過各種事，也遭遇過大部分的同齡人恐怕都沒見過也沒想過的場面。

不過，或許是因為機緣巧合，我從來沒做過這種事……我沒有在深夜監視的經驗。天氣預報說今晚是熱帶夜（註2）。因為縱火犯碰到下雨就不會出動，所以我很在意天氣，如今應該不用擔心了。我穿了涼爽的POLO衫，但還是覺得熱得幾乎冒汗。

2　氣溫最低在二十五度以上的夜晚。

我確信這就是決戰之夜。我明明早已放棄利用小聰明，結果還是走回了老路。這實在不是愉快的夜晚。

健吾打電話來了。

「晚安，健吾。到達守備位置了嗎？」

我刻意用開玩笑的語氣說道，健吾卻不領情，還是以平時那種不悅的語氣說：

『全都照你說的做了。』

我和健吾在不同的地方待命。我在唱片行的停車場靠著牆壁，健吾去了針見町。

今晚船戶高中校刊社和他們的援軍會全部湧入針見町，擔任內應的五日市告訴我們總共有十四人。針見町位於木良市邊緣地帶，面積很廣闊，如今因為外環道路的通車而變得比較繁榮了，但還是有很多農田，視野非常開闊。我又看看木良市地圖，不禁有些驚訝。東北方的一大塊都是針見町，只有十四個人一定很難顧及全境。

即使如此，校刊社的社員還是會在針見町的各處徘徊，如果前社長健吾被他們發現了，恐怕會引起不必要的混亂。健吾應該會謹慎地藏起來。

「那你有什麼事？現在時間還早吧。」

過去的縱火案都是在凌晨零點左右發生的，現在還早得很……我雖然這樣想，但我不確定現在的時間。

「現在是幾點啊？」

講電話的時候沒辦法看手機上的時間顯示，真麻煩。

『九點半。』

我記得健吾有戴手錶。看來還是有手錶比較好。

『就是因為還早，我才打給你。』

「喔？有什麼麻煩嗎？」

『沒有。』

我們都已經順利進行到今天了，剩下的事很簡單，而且我還有堂島健吾這個強力助手，計畫已經成功了。

「那就好。不過你還是要小心，對方說不定帶著凶器。」

健吾難得用苦笑的語氣說：

『只要是跟你扯上關係的事都很危險哪。我會小心的，我可不想再被割傷。』

對了，健吾有一次被刀子割傷，是在去年暑假……說起來已經是一年前的事了。那時我們兩人潛入廢棄的體育館，和壞人大打出手。健吾雖然身強體壯，但對方有刀子，所以還是受傷了，那是三天就能痊癒的輕傷，不過流了很多血。

「那次把你拖下水真是不好意思。」
沒想到他用低沉平靜的聲音回答：
『沒關係，之後回想起來還挺有意思的。』
「有意思嗎？當時可是搏命演出呢。」
『是啊，都快喘不過氣了。』
對話中斷了。既然今晚的計畫沒問題，健吾為什麼要打電話來呢？
『喂，常悟朗，今晚就會結束了吧？』
「我也這麼希望。」
就算計畫順利，我也無法保證不會有突發狀況。接下來只能靠健吾的臨場反應了。
不過健吾要說的不是這件事。
『我不是說縱火案的事……我們已經高三了，差不多要開始準備大學考試了。』
「我早就開始了，你還真悠閒呢。」
『我又不是什麼都沒做。』
健吾連這種小吐嘈都要回嘴。調侃這傢伙還真沒意思。
『我正在跟你談正經事，別跟我說笑。』
「不好意思。那你要說什麼？」

健吾用不悅的語氣說：

『今晚應該是我最後一次陪你做這種麻煩事了。』

「……結果你還是要說考試的事嘛。」

『我想過了。我並不是開開心心地來幫你的忙……該怎麼說呢？我就是不喜歡你的行事風格。我在班上有很多好朋友，在校刊社裡也認識了很好的學長，還有不錯的學弟。』

一群高中生從我眼前經過，他們聊著無聊的話題，走進了唱片行。

『可是我這三年每一件難忘的事都跟你有關。我們明明一年只講幾句話……為什麼會這樣呢？』

你問我我問誰啊。

『我不是要求你改變，我也沒有義務那樣做，只是我不時會想到這些事。今天過後，我大概就不會跟你說了，再這樣下去，直到考完大學、高中畢業，或許一輩子都沒有機會說。如果我今晚不說，這些事就會一直積在肚子裡。』

我漫不經心地仰望天空。哎呀，今晚的月色還真美。

『喂，常悟朗。我還是覺得，你絕對不是小市民。』

嗯。

的確。

事到如今還用說嗎？

就是因為這樣，無論堂島健吾如何戳穿我，無論我感到多麼不甘心，我始終沒辦法跟他完全斷絕往來。就算我經常忘記別人的名字，就算我手機電話簿的聯絡人少得可憐，我頭一個會想到的絕對是堂島健吾。

都這麼久了，事到如今還在提這個。你又不是雷龍，為什麼要這麼久才想到這個結論？

我靠在牆上，交叉雙腳。換另一隻手拿手機。

「我說啊，今晚應該會發生很多事。」

『常悟朗。』

「要注意手機的電量，如果到了關鍵時刻手機沒電就太白痴了。雖然這對你來說或許是一件好事。」

『常悟朗！』

「先去打發一下時間吧。我剛好有張ＣＤ想買。掰啦。」

我正準備放下手機。

健吾卻突然大吼：

『常悟朗，火！我看到火了！那傢伙動手了！』

……喔？

我無法否認自己的驚愕。之前十次都是發生在深夜零點左右，所以我還以為今晚也是相同的時間。仔細想想，也對，八月這一次就算提早也不奇怪。

我轉換了心情，跑到唱片行的停車場。手機依然貼在耳邊。

「健吾，縱火犯呢？」

『就在這裡。我看到了。』

他在黑夜中能看得多清楚呢？

『我去追！』

「拜託了，我立刻趕過去。」

『喔喔。可是那……嘖，逃走了！』

我只聽到健吾緊張地喊出這句話，然後電話就掛斷了。縱火犯發現健吾了嗎？還是本來就準備離開現場？不管如何，情況都很不妙。如果到這地步還讓人跑了，那就太可笑了。健吾既然看到了縱火犯，應該不會有問題……我把手機收進口袋，騎上腳踏車。

我知道縱火的地點是針見町一丁目，在針見第一兒童公園附近。路徑已經在我的腦中，那是不用等紅燈的最佳路徑。我奔馳在市內環狀線的人行道上，這裡的人行道可以騎腳踏車。我在途中唯一的十字路口用甩尾的技巧轉彎，眼前隨即出現一片橘光。

在這種時候，我都覺得如果有輕型機車駕照就好了。要是遇見太多次「這種時候」實在讓人吃不消，然而這已經是我升上高中之後的第三次了。健吾掛斷電話之後不到三分鐘，我就到達了現場。

我忍不住驚叫：

「哇塞！」

縱火案的規模一直逐漸地擴大。燒廢棄車輛和公車站長椅還算不了什麼，可是照這樣繼續下去，遲早會演變成這種局面。

火苗從民宅上方冒出。

不對，我冷靜下來仔細一看。

起火燃燒的不是民宅，而是房屋旁邊的車庫。車庫旁邊有一間小屋，這一帶有很多農田，那間小屋應該是用來放農具的倉庫。著火的就是那間倉庫。糟糕的是那倉庫是木頭蓋的。起火點是倉庫屋簷下的一堆舊報紙。

好熱。火勢很大。這個季節的空氣不會很乾燥，火卻延燒得很快。舊報紙冒出的火焰已經大到沒辦法輕易撲滅了，可能沒多久就會延燒到倉庫的牆壁。

一旦倉庫燒起來，車庫也會跟著遭殃，繼續放著不管，甚至會燒到民宅。屋子裡面沒人嗎？我注意到，車庫裡沒有車，這家人大概出門了。

我打量著房屋四周。

這樣說對這家人很不好意思，但我真慶幸火災是發生在針見町。這戶人家的左右兩邊都是農田，鄰居的房子至少在五十公尺之外，就算發生最壞的結果，也不會燒到鄰居家。目前看不到附近的房子有人跑出來，難道大家都還沒發現火災嗎？說不定以為只是在燒火，因為有些住在這種開闊地方的人會自行焚燒垃圾。

健吾不在這裡，他去追縱火犯了。追得上嗎？應該沒問題吧，他可是堂島健吾。

如此看來，第一個到達火災現場的我根本無事可做。

不對，有事做。既然健吾顧不得火災，這間房子沒人在，鄰居也都沒發現，消防局應該還沒接到通知。我拿出手機，想了一下。

消防局是一一七嗎？

不對，那是報時臺。

報時臺的一一七很容易和天氣預報的一七七搞混。為什麼要用這麼相似的號碼呢？如果其中一個改成一一二之類的，就不會害人記錯了嘛。

對了，火災和急救是要打一一九。真糟糕，我一看到火災就慌了，得先冷靜下來。我深吸一口氣，吐出來，鎮定心情之後才撥打電話。

『喂，這裡是一一九。有火災還是要急救？』
「是火災。」
『請問地點是哪裡？』
「針見町一丁目，在針見第一兒童公園附近。民宅旁邊的倉庫燒起來了。」
我一邊報告，一邊繞著倉庫走。
『屋內還有人嗎？』
「我不知道。」
『可以請問您的名字嗎？』
我掛斷了電話。
不是因為害怕報出名字，而是因為我看到有趣的東西，所以忍不住按了結束通話的按鈕。
從道路那側看不到的倉庫後方還有另一間很小的小屋。
比狗屋大，比學校裡飼養兔子的小屋更小，屋頂是鐵皮，牆壁是木板，高度只到我的腰部，門是鐵絲網做的。問題是裡面。
小屋裡放著三個塑膠桶。
「哇喔……」

我發出美式風格的驚呼，讓自己沉著下來。鎮定之後，我發現牆上貼著紙，以小孩的笨拙字跡寫著「嚴禁點火！禁止在此抽菸」。會抽菸的應該是爸爸或爺爺吧，總之我知道了這地方不能點火。桶子裡放的多半是柴油。總不會是汽油吧。為什麼會把油放在這種地方？

大事不妙了。

火源是倉庫，旁邊是車庫，接著才是民宅。我樂觀地估計火不會燒到民宅，消防車一定可以趕上。可是現在發現這裡放了柴油或汽油，總之是怕火的東西，如果延燒到這裡，火勢變得更大，不知道會有什麼後果。我不是消防員，無法判斷現在的情況有多嚴重，只知道應該不至於爆炸。

只要把塑膠桶搬走就好了。我得把桶子從小屋搬出來，搬到遠離火災的地方。火已經燒到倉庫的牆壁了，我突然發現四周變得很明亮，鐵絲網門上的掛鎖被照得閃閃發光。

「鑰匙……」

我滿心期待掛鎖沒有鎖上，試著拉拉看。

這一戶人家應該很小心防賊，掛鎖是鎖住的。

這把鎖看起來很堅固，門上的鐵絲網也不像是便宜貨。

用踢的應該踢不破吧。

沒試過是不會知道的。我拚盡力氣踢出一腳，不偏不倚地踢中了門。

一陣劇痛。門太硬了。我想了一下，喃喃自語道：

「不行。要有工具。」

倉庫裡或許有適用的東西，但是放塑膠桶的小屋都鎖上了，倉庫有可能不鎖嗎？我不抱任何期望，但還是走到倉庫門前。

火舌舔上牆壁，燻黑了屋頂。火勢會怎麼延燒呢？如果只會往上燒，在燒到倉庫屋頂之前都不用擔心放塑膠桶的小屋，如果會橫向延燒，小屋隨時都有可能燒起來……現在還聽不到消防車的警笛聲。我明明打過電話了。我有說清楚地點吧？我想應該有。

我左右張望，鄰居都還沒跑出來看。我應該大喊失火嗎？可是……

我的腳踏車停在倉庫門前。我什麼工具都沒帶，如果我騎的是機車，就可以喊著「呀喝」帥氣地狂飆。我看看倉庫的門。不行，是鋁製的，而且鎖得死緊。

有沒有什麼方法呢？小屋的掛鎖用敲的能敲開嗎？我繞了倉庫一圈，四處尋找。還沒被燒到的另一側牆壁上靠著一支巨大的耙子。我不要求鐵槌，但至少給我一把鐵鍬吧。什麼都找不到。我趕得上嗎？

繞了一圈，我又回到倉庫後方。

火光之中出現了一條漆黑的人影。

那人穿著學校的制服，夏天的短袖制服，顏色是深藍色，顏色很深，看起來像黑色。胸前繫著紅色領結。短袖的水手服。

那不是船戶高中的制服，船戶高中的夏季制服是白色襯衫。這是哪裡的制服呢？我沒有鑽研過制服學。本市哪所學校的夏季制服是藍色的呢？

不管那件水手服屬於哪所學校，又或者根本不屬於任何一所學校，總之穿制服的人確實是船戶高中的學生。那人看起來像國中生。因為穿著制服，還不至於像小學生。

站在那裡的是船戶高中三年級的學生，小佐內由紀。

火勢已經止不住了，火花開始隨風飄散。

小佐內同學在我觸摸不到的距離之外看著我。我們兩人都沒有開口，可能是因為我們都很驚訝，又或許只是無話可說。我站的位置很安全，但小佐內同學那裡應該很熱。

她小小的手上握著一把鐵槌，金屬的部分塗了紅漆，那鐵槌大到不只能敲釘子，甚至可以敲木樁，上面沒有拔釘器，兩端都是平的，但看起來還是很嚇人。這透露著赤裸裸暴力的工具和小佐內同學非常不搭調。

我們持續凝視著彼此。時間大概只有幾秒鐘。

先有動作的是小佐內同學。她彷彿看到某種陌生的東西，訝異地歪著頭。

她用雙手重新握好鐵槌。

視線移開。

然後她扭動嬌小的身軀，高高舉起鐵槌，左腳往前踏一步，將扛在肩上的鐵槌猛力揮下。

倉庫熊熊燃燒，火花迸出，其中摻雜著敲擊聲。

鐵槌敲在塑膠桶小屋的牆上。掛鎖和鐵絲網不可能敲破，但鐵槌敲的是木製的牆壁。

一次還不夠，她又舉起鐵槌，扭曲身子，揮擊下來。一次，又一次。

小佐內同學不斷地揮下鐵槌。

牆壁似乎被打裂了，小佐內同學改變了動作，她的左腳大大跨出，鐵槌的軌道放低，她像在敲銅鑼似地揮動鐵槌。熱氣熏得臉頰發燙。

塑膠桶小屋發出嗶啵的聲音裂開了。

「……阿哈。」

她看起來很開心的樣子。

小佐內同學發出笑聲。她似乎意識到那是自己的笑聲，隨即抿緊嘴巴，但已經太晚了，她藏不住笑容。我了解她的心情，我大概也笑了。

火焰竄起。鐵槌揮下。她扭動身體，發出笑聲，甩著頭髮。

這一切宛如夢境。

最後一下是從最高點揮落。她蹲低身子，降低打點，準確地敲破了牆壁。洞已經夠大了。小佐內同學用一隻手拿著鐵槌，另一隻手伸進小屋。

塑膠桶想必裝得很滿，小佐內同學想把桶子拿出來，卻拿不動，令她卡在那裡動彈不得。

小佐內同學維持著屈膝的姿勢看著我。

「好重。」

她說道。

我苦笑著說：

「讓我來吧。」

「嗯。」

握著鐵槌的小佐內同學讓出空間給我。我試著抓抓看塑膠桶的把手，確實很重，我只能從一個小洞把手伸進去，姿勢不良，很難出力，腳下的軟土也令我站不穩，但那畢竟只是塑膠桶，我一口氣提起來，把塑膠桶丟在長滿雜草的地上。

小佐內同學立即跑過來，用雙手提起塑膠桶，拿到火燒不到的地方。另一個也一樣。

最後一個塑膠桶離牆壁比較遠，我跪在地上，連肩膀都伸進洞裡，好不容易才抓到。我把桶子拖到牆邊，小佐內同學站在一旁伸出雙手等著接應，但我自己拿起最後一個，丟到離火較遠的地方。

這樣就沒問題了。雖然火還在燒，但我們已經做了目前能做的事。

我在火光的照耀下，轉身面對著小佐內同學。

此時，我聽到如裂帛般啪的一聲巨響。難道小屋裡還有其他易燃物嗎？我不禁縮起身子，小佐內同學也以極快的反應跳開。

聲音聽起來很大，不過沒有東西飛過來。我放鬆戒備之後，再轉頭一看，縮著身子的小佐內同學顯得格外好笑。我自己的姿勢應該也很奇怪。四目交接的瞬間，我們兩人都笑了出來。

我有很多話想說，譬如「好久不見了」、「真巧啊」，或是「那是哪裡的制服？」、「鐵槌很重吧？」，但我還來不及開口，小佐內同學就先說了：

「我就知道今晚會遇到你。」

這麼一說，我也覺得遲早會碰到她。

「是啊，只是我沒想到會是今晚。」

「因為堂島嗎？」

「不是。」
健吾和連續縱火案確實有很深的關聯，但我今晚來這裡並不是因為他。
「對了，妳有看到健吾嗎？」
「嗯。他跑掉了。」
「他老是在跑步耶。怎麼不騎腳踏車？」
小佐內同學對此似乎不感興趣，她撿起掉在地上的鐵槌。剛才我覺得那把鐵槌很大，如今才發現握柄很短。
「妳的工具真管用。是撿到的嗎？」
「不是。」
小佐內同學搖搖頭，把鐵槌藏到背後。現在才藏有什麼意義？
「我覺得可能會用上，就帶來了。」
「的確用上了。」
她只是輕輕點頭。
火燒到了小屋的屋頂。我們已經無能為力了。小佐內同學又朝火焰瞄了一眼，我為慎重起見，就告訴她：
「我已經通知消防局了。」

「是嗎？那就快逃吧。」

小佐內同學立刻轉身，我急忙叫道：

「啊，我有件事想要問妳。」

「……什麼事？」

我凝視著轉頭望來的小佐內同學。

去年夏天之後，我在學校偶爾會見到她，我看過她和同學談笑的樣子，也看過她遲到時奔跑的樣子，但此時我不禁覺得，我們真的好久不見了。

正是因為好久不見，所以我才會發現。

「難道……」

「嗯？」

「妳長高了嗎？」

小佐內同學眨眨眼。

然後她燦然一笑。

「嗯。長高了一截。」

「恭喜。妳有在喝牛奶嗎？」

「有啊。」

小屋裡傳來重物落地的聲音，似乎有什麼東西崩落了。這次我沒有嚇到。

「這樣啊。妳為什麼做這種事？」

結果她沒有上鉤。

「小鳩，你說有一件事要問我，我已經回答了，答案是『有在喝』。」

此時警笛聲傳來。我感覺等了很久，事實上還不到五分鐘。不能再久留了。

「那就再見了。」

我說道，小佐內同學也點頭。我想，盛夏之夜的對話就此結束了。

我沒有發現，我猜小佐內同學也很晚才發現。

不知何時，這裡多了一個人。那人穿著印有英文的T恤，腳上穿著運動鞋，一副方便活動的打扮。他似乎是跑來的，此時還喘個不停。他是和我們年齡相仿的男生，我沒見過他，但我知道他的名字。

小佐內同學既然想到我會出現在這裡，或許她也猜到了這個人會出現。她朝那人望去，微笑著說：

「晚上好，瓜野。你還沒滿十八歲，不能在深夜隨便亂跑喔。」

瓜野高彥，健吾下一任的校刊社社長，對木良市連續縱火案緊追不放的高二學生。我知道很多關於他的事，但我此時是第一次見到他本人。聽說他正在和小佐內同學交往，我還以為他也是娃娃臉，原來不是。

哎呀，他用很嚇人的表情瞪著我看。我假裝沒看到，把臉轉開了。瓜野看到我在這裡會怎麼想呢？他只看一眼就不理我了，然後對小佐內同學說：

「果然是這樣。我真不願意相信。」

小佐內同學沒有說話，只是默默地笑著。我這麼久沒見到她，沒想到會在此時看見這種笑容。

警笛聲逐漸逼近，附近的住戶也差不多要跑出來了。再不出來看才奇怪。

瓜野小小地吁了一口氣，用悲傷的語氣說：

「是妳幹的吧？」

3

小佐內突然拔腿狂奔，速度快到令我錯愕。

不知道是誰通知的，消防車已經到了。我好幾次聽到有人大叫「火災」。附近的居民都跑過來了。

警察應該很快就會來了。真是個不平靜的夜晚。我口袋裡的手機發出震動，是比較早到的校刊社社員和幫手們的回報，搞不好已經有人被警察逮到了，但我現在沒空理他們。

小佐內穿的衣服是深藍色的，在黑夜中很難看清楚。說不定她就是為此才特地穿了深藍色衣服。我還以為追丟了，卻隱約看見她跑進公園。這座公園圍繞著樹籬和鐵欄杆，我倉促一瞥只看見一個出口。呼吸緩和下來後，我看到了「針見第一兒童公園」的牌子。

我吞著口水，窺視公園裡的情況。現在時間還不到十點，就算附近一帶的小混混還窩在這裡也不奇怪，所幸我沒有看到這種人。

空無一人的長椅、溜滑梯、方格鐵架、伸長枝椏的樹木、沙坑。或許是認定半夜不會有人來玩，這裡並沒有燈光，還好今天很晴朗，月亮高掛天空，路燈的燈光也照得到這裡。這樣應該不用擔心看不清楚了。沒看到小佐內……但我確定她走進公園了。

手機又收到了訊息。我嘖了一聲，把手機關機。

我先做一次深呼吸才走進公園。左右張望，沒看見動靜。我下定決心，放聲叫道：

「小佐內，妳在吧？」

我盯著公園的門口，以防她突然逃走。

「一切都結束了，事到如今就別再逃了。」

她還是沒有現身，那就只能一一搜尋暗處了。我正在這麼想，小佐內爽快地從樹蔭下走出來，嘴邊帶著一抹微笑，兩手背在身後。

「怎麼了，瓜野？什麼結束了，說得這麼感傷。」

她的語氣中帶著明顯的調侃。我努力壓抑發火的衝動。小佐內應該也明白，到了這種地步已經沒辦法找藉口了，她現在只是在硬撐。

兩步，三步，我朝小佐內走近。我背對著門口，在距離她稍遠的地方停下來。

「我看到了。都結束了。」

「你誤會了。如果你是指剛才那個男生，我們只是恰巧遇到。」

「我不是說這個啦！」

不行，我還是忍不住大吼了。我不甘心地咬緊牙關。

「妳應該知道我不是在說這件事。」

小佐內的態度依然沒變。

「什麼？那你是在說哪件事？」

她真的要我說嗎？好吧，沒辦法。

「是妳幹的。」

我咬牙切齒地說道。

「從去年十月開始的連續縱火案是妳幹的。」

「……你為什麼會這樣想？」

她的語氣變了。變得低沉，不只是這樣，還帶有一種令人膽寒的氣氛。我怎麼能輕易被她嚇到，都到了這個地步，小佐內不可能逃得掉。我瞪著她說：

「那妳為什麼會出現在那個地方？妳在那裡做什麼？」

「我在散步時發現火災，所以跑過來看。就像飛蛾一樣。」

「散步？妳家明明在檜町，別開玩笑了。」

小佐內在黑暗中笑了。

「你知道我家在哪？我跟你說過嗎？唔，大概說過吧。」

檜町在木良市的南端，和東北端的針見町是對角線的兩端，騎腳踏車都要花幾十分鐘，若說她從家裡散步到這裡未免太誇張。

「我家離這裡很遠。是啊，要散步到這裡也太遠了。但是你不可能看到我放火的。」

「我……」

「你只看到我出現在火災現場，不是嗎？」

我的確沒有當場抓到她在縱火，這是我的失敗，但我看到了更可信的證據。

我還沒開口，她就搶先說：

「我發現火災之後跑過來，剛好遇到剛才那個男生，所以就一起救火。我忍受著高溫，那樣地努力，卻被你說成是縱火犯……」

這裡太暗，看不清楚小佐內的表情，但我覺得她一定鼓起了臉頰。

「真沒想到。」

我突然有些罪惡感。我咬緊嘴脣，甩開這種心情。妳以為說這種謊話就能掌控局面嗎？

「妳是說妳只是碰巧發現火災？但妳還沒解釋為什麼會來針見町，而且還穿得這麼奇怪。」

「這個嘛……」

小佐內歪著頭，顯然是在思考。

「……我伯伯的家就在附近，現在是暑假，所以我來他家玩。這套衣服是堂姊亞紀借我的。如何？」

「什麼如何！這是妳現在才編出來的吧！」

又有另一陣警笛聲從公園前方的道路掠過，應該是增派的消防車。火勢還沒控制住嗎？

警笛聲蓋過聲音，打斷了我們的對話。等到噪音遠去以後，小佐內仍把手背在身後，聳著肩說：

「別那麼生氣嘛，我會害怕的。」

然後她把雙腳交叉。

「那我也想問你。你為什麼會有這麼可怕的念頭，以為我是縱火犯呢？」

要我從頭說起嗎？

算了，現在還不算太晚，還有很多時間，而且我也有很多話想說。此外，這可能是我最後一次跟小佐內說話了。

「好吧，那我就說吧。」

我是從什麼時候開始懷疑小佐內的呢？我回想著自己開始起疑的契機。

「……在五月的縱火案那天，妳也在現場吧？」

「五月？那是很久以前的事了，我不記得了。」

不可能。

「那一晚，我和校刊社社員在上町監視，就在火災快發生的時候，妳打電話過來，說妳擔心我會感冒。接到妳的電話讓我很開心，因為那天真的很冷，一直在相同的路徑巡邏也很無聊，我已經巡邏到不耐煩了。

妳一定記得吧？當時我正走在外環道路上，好幾次因為卡車經過而聽不清楚，妳那邊也發出了吵雜的聲音。」

那不是車聲，而是一種有規律的噪音。

「我一聽就知道了，那是火車的聲音，妳當時正在鐵路旁。因為火車通過的聲音太吵了，沒辦法說話，對話就中斷了。五月的縱火案就是發生在高架橋下的空地，不是高架道路，而是高架鐵路。」

「對了。」

因為我們兩人身高有差距，她即使正常地說話，也有一種抬頭窺視的感覺。

「我想起來了。那天我在小倉站，大概是新幹線的聲音吧。」

小佐內不斷地找藉口，但是……

「是啊，就算妳在鐵路旁邊，也不一定是在高架鐵路下。鐵路很長，而且妳也沒有那麼粗心。真正讓我起疑的關鍵是，妳說五月的縱火案是發生在星期五。」

六月的颱風天。因為小佐內曾經提過，所以我還記得那天是十三號星期五。小佐內為了不傷到我的自尊，用非常婉轉的語氣提醒我《船戶月報》裡的錯誤。我記不清楚自己是怎麼寫的，所以當時並沒有說什麼。但是……

報紙地方版都把那件事當成是星期六發生的，因為報社不是以縱火的時間為準，而是以消防局接到通知的時間為準。《船戶月報》也把那件事的發生時間寫成星期六，因為本田通知我發生火災的時候已經過了凌晨零點。

在火災發生之前、小佐內打電話過來之前，我向其他人傳過訊息，發送時間是在凌晨零點之後。五月的縱火案是發生在星期六，絕對錯不了。

「那次火災的時間很難判斷，已經過了零點，但還沒到零點三十分。可是，我很確定當時已經過了零點，所以才把時間寫成星期六。沒有任何人說我寫錯了，只有妳說火災發生在星期五。」

此時，小佐內第一次露出驚慌的態度。至少看在我眼中是這樣。

我繼續趁勝追擊。

「連續縱火案固定發生在每月的第二個星期五，這只是表面上的說法，其實也有幾次是發生在星期六的凌晨，但我們為了方便起見都說是星期五。校刊社的社員都知道這一點，就算有人不小心說錯，其他人也能理解，但妳就不一樣了。

我在想，可能我跟妳說過這件事，但我就算說過，還是不太對勁，因為妳好像很確定五月的縱火案是發生在星期五。這當然是妳搞錯了，但是妳為什麼會搞錯呢？」

消防隊還在努力滅火，人們似乎也都跑去看熱鬧了，喧鬧聲遠遠地傳來。小佐內露出微笑，她自嘲似地喃喃說了什麼，可是我聽不見。

「妳會搞錯的理由只有一個，就是時鐘。妳沒有戴手錶，想知道時間只能看手機。手機確實很方便，但妳當晚不能看手機，因為妳才剛給我打過電話，講到一半手機就沒電了。」

火車的噪音打斷了我們的對話，等到噪音遠去後，小佐內就說「手機快沒電了」。

「就算手機顯示電量不足，也不會立刻就不能用。可是，那一天妳掛斷電話之後就立刻關機了，對吧？」

「你猜對了。」

她先前不斷地找藉口，這次倒是很乾脆地承認。

「因為快要沒電了，所以我直接關機。我早已發現最近手機電池不太正常，應該早點拿去修的。」

「那妳是承認囉？」

「我承認我把手機關機了。繼續說吧，瓜野，我開始覺得有意思了。」

她的態度看起來不像是逞強，但說出來的話顯然是在硬撐。

小佐內當時關了手機，沒辦法看時間。之後的情形我都知道了。

「之後妳觀察四周。市內到處都有時鐘，妳很快就能找到。

高架橋下的縱火地點旁邊就是外環道路，十字路口中央的分隔島整頓得跟公園一樣，還豎著一支桿子，上方有一座時鐘。妳看到的就是那個時鐘。」

「那個時鐘慢了嗎？」

「不是。」

我加重了語氣。

「那個時鐘壞了，指針一直停在十一點四十七分，如果至今都還沒修理，現在應該還停在十一點四十七分……縱火案發生的時間剛好只跟壞掉時鐘的時間差了二十分鐘，妳沒注意到很正常。」

「小倉站的時鐘剛好也壞了嘛。」

「就算妳看到的是其他地方的故障時鐘，也不會把縱火案的時間弄錯，只有『在當時看到那座時鐘』才會以為事情發生在星期五。而妳當時就在那裡。」

她短暫地瞪了我一眼。

「……你真厲害呢，瓜野，竟然連這點都發現了。不過你發現的應該還不只這些吧？再多說一點啊。」

當然不只這些，這只不過是讓我開始起疑的理由。

早知道要和小佐內當面對質，我應該帶文件夾過來的。那個文件夾放了關於連續縱火案的所有資料和相關證據。

「因為接連不斷地發生縱火案，市內各處都有人在巡邏，卻還是遲遲抓不到縱火犯，運氣真是太差了。不過，原因不只是運氣，縱火犯一定做過事先勘查，至少會先想好下次要縱火的目標、移動路線，還有逃跑的路線。也就是說，無緣無故在下一個縱火地點徘徊的人就很可能是縱火犯。」

「就算只是散步？」

「六月十三日到十四日之間，北浦本來會發生火災，但是因為下大雨，最後什麼事都沒發生。早在那之前，雨已經下了好幾天。

妳在下大雨的日子，又是預定作案的前一天，從本市南端跑到北端。誰會相信妳只是在散步？」

小佐內打了個哈欠，像是在展現她的輕鬆。

「我有這樣說過嗎？」

她一定以為我沒有證據，但她太小看我了。

「有的。妳在下大雨時去了北浦，至少在接近零點的時候都在那裡，回去的時候，妳還順便去書店買書。」

「什麼書？」

「我沒興趣，只知道含稅是六百零九圓。」

她吃吃地笑著。

「真厲害，你好像親眼看到了。」

「不用看我也知道，只要有收據就行了。」

「……收據？」

小佐內的語氣第一次流露出不安。沒錯，收據。我好好地收起來了，還影印了一份。內容我記得很清楚。

「六月十二日星期四，二十三點五十一分，妳在三界堂書店北浦分店買了含稅六百零九圓的文庫本。妳知道我為什麼會看到這張收據嗎？」

「我不記得自己做過這件事。」

她嘴上這樣說，但顯然是騙人的，而且她在說話時還有些尷尬地垂下目光。我靠直覺就看得出來。我立刻反駁：

「騙人。」

「真過分。」

「因為隔天就是縱火的日子——六月十三日星期五。那天雨下得很大，校刊社只能放棄監視。我心想放學後可能會有人去社辦，結果卻看到妳。小佐內，妳那天把文庫本掉在社辦，收據就夾在裡面。」

雖然是在黑夜，我還是清楚地看到小佐內有一瞬間咬住下唇。

質問小佐內的新鮮感令我覺得非常奇妙。從我和小佐內交往以來，一直是我在掌握主導權，因為小佐內除了跟甜點有關的事，從來不主動發表意見。

即使如此，我還是有一種掌握不了她的感覺。她總是一副隨和的樣子，卻老是在關鍵的時候閃避我。這種挫敗感始終令我揮之不去。

但是我今晚卻把小佐內逼到了窮途末路。一想到這裡，心中湧出的成就感大到連我自己都很意外。

「那張收據可以證明妳在颱風到來的星期四去過預定縱火的地點。妳剛才說今晚是來親戚家玩，那六月妳還有什麼藉口？散步嗎？」

小佐內用顫抖的聲音說道：

「繼續說。」

「我正在問妳話。」

「我之後會一次全部說完，所以你先繼續吧。」

她垂低視線，窄小的肩膀顫抖著，但我可不打算手下留情……這是因為很氣小佐內瞞了我將近一年嗎？

「好吧，我繼續。我發現妳五月出現在火災現場，六月又事先去勘查，所以重新審視妳這個人，回想我們從去年九月交往以來有沒有發生過什麼奇怪的事。我甚至懷疑過，妳是不是為了蒐集情報才故意接近我的，因為和我交往就能掌握校刊社的動向。所幸，這是不可能的。」

提出交往要求的人是我。去年九月，我和放學後獨自待在圖書室的小佐內第一次說話，之後她帶我去咖啡廳，我在那裡對她說「和我交往吧」。感覺那已經是很久以前的事了。

我是從今年一月開始追蹤連續縱火案。因為五日市提議報導慈善義賣，所以《船戶月報》才開始出現校外新聞。小佐內知道我得到了機會，還為我感到開心。

而連續縱火案是從去年十月開始的。

「然後我就想到連續縱火案的第一篇報導。我對那篇報導很有信心，以為船戶高中的每個人都會大受震撼，結果反應卻不如預期，尤其是妳，妳的態度簡直是不屑一顧。

到了三月，報導才開始受到重視。因為我連續兩個月正確預測到縱火地點，證明我的推論並不是碰巧猜中，班上的同學都很捧場，學生指導部卻跑來攪局，我當時還以為一切都毀了，如果不是堂島學長幫忙說話，就不會有現在的校刊社了。」

我已經忘記學生指導部的那個老師叫什麼名字了。他當面痛斥我的報導，或許是因為私生活不順利而情緒失控吧。我本來已經死心，打算放棄報導，冰谷卻鼓勵我繼續寫。然後……

「我想起來了，當時告訴我那位老師要調走的就是妳。妳給我看了調職的報導。記得嗎？就在那間日式點心店。」

「是『櫻庵』吧。我無論如何都要推薦他們的雙球冰淇淋。」

一講到甜點，小佐內就顯得神采飛揚。

即使是在今晚這種情況，小佐內提到冰淇淋時，依然表現得如此雀躍。我不禁感到有些悲哀。

「這樣啊。可是妳那天說的話讓我非常在意，我夜晚躺在床上都還在想，妳那句話到底是什麼意思，所以我記得很清楚。妳大概已經忘了吧，妳對我說『什麼都不做才是最好的』。」

一旦開始回憶，當時的聲音又在耳邊響起。「別再淘氣了，什麼都不做才是最好的」。我做了什麼「淘氣」的事嗎？小佐內為什麼說什麼都不做才是最好的？

當時我不知道理由，只是隱約感到她不支持我繼續追蹤連續縱火案。但這又是為什麼？

「然後是四月的事。堂島社長在編輯會議上宣布退社，所以我當上社長，校刊社也開始全力報導縱火案。那一天……」

我說得欲言又止。那天我試圖親吻小佐內，那實在不是紳士該有的行為。

這不是重點，重點是她當時又反對我了。

「那一天妳又說了『什麼都不做才是最好的』。我問妳理由，妳卻說了一堆莫名其妙的話，我完全聽不懂。」

小佐內這樣說過——「我是個小市民，我喜歡的也是小市民」。

她當然是在說謊！

「想起這件事，我才發現，妳反對我追蹤縱火案沒有任何像樣的理由，只是因為我若繼續調查下去，對妳來說不是好事。再加上妳五月和六月的詭異行動，我就可以確定了。」

我用丹田出力。

「妳以為我什麼都不知道，就跟我胡扯一些散步啦、親戚家之類的藉口。但是今晚我一直跟在妳後面！」

校刊社社員和加上援軍，深夜裡總共有十三人在針見町監視。

但我一個人跑去監視小佐內的家，這是靠之前聽到的話和電話簿而找到的。如果我是因為喜歡小佐內而去監視她家，就跟一般的跟蹤狂沒兩樣了，但我這麼做都是為了逮到縱火犯，所以我沒有半點罪惡感。

傍晚她就開始行動了，比我想像的時間更早。小佐內走出家門，把一個大運動提袋放進籃子，騎上腳踏車。

此時我已經知道自己推理正確了。小佐內穿著類似學校制服的水手服，但不是船戶高中的制服。一看到她喬裝打扮，我就知道她出門不是為了普通的目的。

小佐內離開檜町，往北方前進，經過站前的鬧區，騎上市內環狀線，不停地騎著。我遠遠地在後方跟著，遠到幾乎快要看不見她。我心中依然抱著一絲期待，希望她不要去，希望我只是搞錯了，然而小佐內果然騎著腳踏車來到針見町……後來我一不小心就跟丟了。

時間比我預測的更早。身為校刊社社長，我應該警告社員們才對。我應該警告他們，說縱火犯已經到了針見町，縱火時間可能比我們想的更早，要小心提防。

我之所以沒有提醒他們，是因為我跟丟了小佐內，心裡非常焦急。

此外，或許也是因為我認為這件事應該由我和小佐內兩個人單獨解決。

小佐內仍舊把手背在身後。

「這事件的真凶——Fireman——隨身攜帶著鐵槌，很可能就是在十月的第一次火災現場失竊的那一把。縱火犯每次都會用那把鐵槌在作案現場留下痕跡，敲打牆壁或招牌。這是只有我一個人知道的王牌。為了避免有人模仿，所以我沒有寫在報導裡。可是妳那個提袋裡放的是什麼？剛才妳在起火的小屋旁拿的是什麼？」

這是致命的一擊。我用手指著她，這或許是我打從出生以來第一次用手指著別人。

「小佐內，把手伸出來！」

沒想到小佐內乾脆地照做了。她知道我已經看見了，再藏下去也沒有意義。握在她右手上的東西，就是那把紅色的鐵槌。

消防隊似乎還在滅火，遠方的騷動依然沒有平息。人影來來去去，大概是去看熱鬧的，但是沒有一個人注意到在公園樹木下對峙的我們。

我明明已經獲勝了。如我所願，我親自逮住了長久以來追蹤的連續縱火案的真凶，但此時從我口中發出的卻是嘆息。

小佐內低著頭，顫抖著肩膀，這令她顯得更弱小。為什麼這個弱小的女孩會令我莫名地感到忌憚呢？在演變成這種局面之前，我明明可以有更多作為的……如今一切都太遲了。我只能期望，連續縱火案沒有造成人員死傷，或許刑罰不會判得太重。

重物落地的聲音傳來。小佐內把鐵槌丟到地上。槌頭兩面都是平的，那是專門用來敲打的鐵槌。那東西看起來那麼重，為什麼她要隨身帶著呢？更重要的是……我有很多想問的事，但我想要先等她停止顫抖。

丟下鐵槌後，小佐內空出了雙手，她一隻手摀著嘴，另一隻手摸索著口袋。她的聲音又小又顫抖，我聽不太清楚。

「對不起，瓜野，你先等一下，我很快就會鎮定下來了。」
她從口袋裡拿出了一個小盒子。
我在月光下清楚地看見。
那是巧克力。
小佐內不顧我的茫然，折下一小片巧克力放進口中，然後才抬起視線，有些不好意思地說：
「你知道的，我傍晚就出門了，還沒吃晚餐。甜食會讓人有飽足感。」
該說她很灑脫嗎？我覺得小佐內有些漠然。可能是因為罪行被揭露，反而讓她如釋重負。
……真的是這樣嗎？
「呼……」
小佐內輕輕吁氣，手按在腰上。
「嗯……我不討厭坦白的男生。那我該從哪裡說起呢？」
我最想問的就是這件事。
「妳先告訴我，妳為什麼要這樣做？」
但是小佐內搖頭了。

「這個我得保密。」

「我不會告訴警察的。」

「嗯，這樣很好。關於文庫本的事……」

小佐內沒有回應我，而是自顧自地點頭。我有一種不太對勁的感覺。

「我有一本很喜歡的書，我看過文庫本，非常好看。上一集在最關鍵的時候結束了，我很期待早點看到下一集……剛才你說沒興趣，所以我就不提內容了。不過你應該對這本書的出版日期有興趣吧？就是六月十三日。」

對了，我知道哪裡不對勁了。

到了這個時候，小佐內依然沒有表現出愧疚的態度。

她一邊觀察我的表情，一邊說：

「應該是在出版日的前一天吧，我很期待書店會提前進貨，當時不是下大雨嗎？我實在不建議在下雨天去書店，尤其還是騎腳踏車。就算冒雨跑去，也不確定是不是已經進貨，就算進貨了，我也不想讓期待已久的書被淋濕。可是，特地打電話去詢問感覺也很煩人。

所以我拜託朋友幫忙，就是瞞著校方在書店打工的那個朋友，請她看到進貨就幫我買，結果真的星期四就進貨了。星期五，我在學校拿到了那本書，也把代墊的錢還給朋友了。我朋友畢竟是在書店打工的，她用塑膠袋把書包得很好，所以書沒有被淋濕。她做事真的很周到呢，還一併附上了收據。」

小佐內沒有表現出得意的神色，只是淡淡地敘述。

「所以啊，我在六月的那一天並沒有去北浦町。」

少騙人了，我才不相信。

「……誰相信啊。妳是剛剛才想出來的吧？」

「對不起，我說來伯父家是騙人的。因為我剛才說了謊，你現在就不相信我了嗎？」

小佐內歪著腦袋，抬眼瞄著我。

「所以我才要先說這件事，因為你一定會相信我。如果你希望的話，我可以把那個朋友的手機號碼給你，隨便你要怎麼問她。我也可以給你看我傳給她的訊息，上面還有日期，應該更可信吧。」

小佐內一邊說一邊掏出手機。

……真的假的？

「就算妳六月沒有去……」

「你不親自確認看看嗎？」

小佐內歪著頭說。與其糾結那種隨便就能查出來的事，我還有更想確認的事。

「五月妳確實出現在縱火現場了。此外，還有那把鐵槌。」

「那我接下來就說明這一點。」

小佐內用腳尖踢了踢地上的鐵槌。

「這把鐵槌不是船高園藝社去年十月被偷的那一把，而是我上個月在『Panorama Island』買的。」

這一句話讓我在兩方面大出意料。

第一，這把鐵槌竟然是小佐內最近才買的。第二，小佐內竟然知道園藝社掉了鐵槌的事。

難道她是在婉轉地認罪嗎？

「偷了園藝社鐵槌的人……」

「大概是縱火犯吧，但我也不太確定。我只是聽到第三者的轉述。」

「轉述？是誰跟妳說的？這件事應該只有我知道啊。」

小佐內瞇細了眼睛。

「瓜野，你今天一直很粗心耶。為什麼你覺得只有你知道？縱火犯當然知道，受害者也都知道。」

「那是另一回事。因為妳就是凶手所以才會知道。」

「明明是同一回事……算了，沒關係。其實我不是聽第三者轉述的。而且就算不是縱火犯或受害者，也有可能知道這件事。」

這句話令我想到了冰谷優人。可是冰谷和小佐內應該互不相識。那園藝社的里村呢？

我聽見了輕輕的一聲嘆息。

「你很努力地調查縱火案，查到的資料全放在文件夾裡，只要認真看過資料，都能知道得和你一樣多。你為什麼這麼小看社員們的理解能力呢？難道你沒有想過，他們也有自己的想法，也是依照自己的步調在調查嗎？」

是說五日市嗎？還是那些只做人家交代的事情的高一生？

「那些傢伙根本什麼都沒說。」

「因為你是社長嘛，他們不可能把心裡所想的事情全都告訴你。如果能這麼做就輕鬆多了。

我會知道鐵槌的事，只是因為看了那些資料。你們不是把東西隨便放在印刷準備室嗎？只要去教職員室就能借到鑰匙，所以我輕輕鬆鬆地看到了資料。裡面沒有直接寫出『縱火犯在現場使用鐵槌』，但是只要看到證詞和現場照片，就能猜出你是怎麼想的了。」

我想起來了，六月的颱風天，小佐內不知為何出現在印刷準備室。

小佐內又輕輕踢了鐵槌一腳。

「還有，如果你真的理解自己做出的結論，剛剛在起火的小屋旁邊見面時，你應該會立刻注意到我拿的並不是被偷的那把鐵鎚。只要每次火災現場的痕跡都是同一把鐵槌造成的，你應該看得出來我拿的鐵槌不是那一把。

可是你卻把我帶著鐵槌這件事當成指控我的證據，真是讓我不知該如何是好。」

「喔喔，我的確覺得有點奇怪。」

我脫口說出這句話以後才發現不妙，但已經太遲了。我只是在充面子，小佐內一定看出來了。雖然她看出來了，卻只是溫柔地微笑。

「果然是這樣。你剛才大概是太慌亂了，才會不小心疏忽。但是你現在應該注意到了吧，這把鐵槌沒有拔釘器。」

小佐內用腳尖踢著的鐵槌的確沒有拔釘器。

園藝社的人是怎麼形容那把鐵槌的？我蒐集的資料裡應該有證詞，但那已經是將近一年前的事了……我早就忘了。

「園藝社的鐵鎚是要帶去拆招牌的。資料上寫著他們把招牌拆成碎片堆在一起，可見不是用鐵槌敲碎招牌，而是拔起招牌，拆掉釘子，讓木板散開之後再堆起來。而且園藝社的里村說的並不是鐵槌，如果文件夾裡的資料沒錯，被偷走的其實是拔釘鎚。把拔釘槌說成鐵槌的是你。為什麼呢？因為這樣說比較帥嗎？

此外，不是每個地方都能在安靜的夜裡拿鐵槌猛敲。在住宅區或其他容易引人注意的縱火地點，應該有一些痕跡是只能用尖銳的拔釘器造成的吧。」

我全都記得。行道樹被剝掉樹皮、機車的坐墊被撕裂、禁止進入招牌上的刮痕。那些痕跡確實不是鈍器能弄出來的。

「當然，縱火犯或許帶了鐵槌以外的工具，我也覺得這樣比較有可能。你會認為『縱火犯每次都帶著第一次縱火時得到的戰利品』，該怎麼說呢，好像有點浪漫過頭了吧。不管怎麼說，你都不該因為我帶著這把鐵槌而懷疑我。」

可是……

就算我搞錯了，把園藝社被偷的拔釘鎚想成雙面平頭的鐵槌，但小佐內今晚帶著鐵槌來針見町是不爭的事實。光是這樣就很不尋常了。

「那妳為什麼帶著鐵槌來這裡？既然妳不承認妳是縱火犯，那妳是來做什麼的？」

小佐內的微笑沒有消失。簡直就像……

簡直就像看著老是給人添麻煩的孩子。

「哎呀，瓜野，你再仔細想一想嘛！我五月時出現在縱火現場，這點你說得沒錯。如你所見，我八月也在現場。什麼樣的人會老是出現在火災現場呢？除了縱火犯以外，我還知道其他可能性。瓜野，你應該也知道吧？」

五月和八月都出現在縱火現場的人。

我當然知道。

「是我，還有校刊社。」

我是為了逮到縱火犯、寫成報導，才會在市內到處奔波。而小佐內到處跑是為了……

怎麼會？不可能是這樣的。

「……妳也在抓縱火犯？」

「你很努力喔，瓜野。」

小佐內露出無比溫柔的態度。

「回答得很好。」

一陣涼風吹過。

「好舒服的風。」

小佐內撥起耳旁的頭髮，看著風吹來的方向。

在月光之下，我看見了。她瞇起眼睛，手指動作妖嬈，連眼神之中都帶著一股媚氣。深得簡直要融入夜色的深藍水手服，落在腳邊的紅色鐵槌。

雖然狀況截然不同，不過此時的小佐內和我第一次看見她的時候一模一樣。在印刷準備室裡和堂島社長說著悄悄話的嫵媚女孩。她的容貌和表情和動作的落差引起了我的好奇，所以我才向她提出交往的要求。

在那之後，小佐內雖然有些難以捉摸，大致上還是個普通的女孩，所以我早已忘了那時的事。我再次發現了她的這一面，對了，就是在我當上校刊社社長的那一天。我強硬地抱住她，她卻溜掉了，還向我露出笑容。當時小佐內立刻離開了。

今晚，小佐內並沒有跑掉。

她的視線移了回來。我很怕聽到她說什麼，所以搶先開口說：

「不可能的。如果是這樣，那妳根本沒必要隱瞞……妳大可告訴我，就算只是簡單一句話也好。」

聽到我這麼說，小佐內的表情黯淡下來。

「真讓人悲傷。」

「咦……」

「你選擇的是什麼？你選擇的不是相信別人說的話和誠意，而是相信確切的事實、揭發別人的祕密，不是嗎？可是你看到推理出來的結論又說『不可能』、『妳應該會告訴我』，這樣太矛盾了。為什麼我不跟你說，你隨便想都能想出幾十個理由吧？」

我才沒做過什麼選擇，我只是想要抓到縱火犯。可是，這樣……一定會導致這種結果吧？

「我本來不想說的。既然今晚是最後機會，那我就告訴你吧。其實我一直在背地裡幫你的忙。」

「妳？幫我的忙？」

「譬如說，我向堂島拜託了不少事。還有，我認識的人想要宣傳慈善義賣的事，我建議那個人去找五日市，所以五日市才會利用校內報刊幫忙宣傳。」

我還記得，五日市在編輯會議上提議寫專欄，輕輕鬆鬆地就通過了……當時我真的覺得不可思議。

「那是……」

「你以為那是天上掉下來的好運嗎？我本來不想說的，真的，因為這樣一定會傷到你的自尊心。」

小佐內甚至說出了這種話。

「因為你說你想要自由地寫報導，所以我才在背地裡幫忙。可是你當上社長以後，甚至打算親自抓到縱火犯。我試著阻止你，給你忠告……可是你卻不聽。」

我永遠都忘不了那天的事。我相信自己做得到。那是四個月前的事。

「你根本不明白自己的立場有多危險。你在校內報紙寫了『哪裡會發生火災』，結果真的實現了，就算警察找上門說『請跟我們來局裡一趟』也不奇怪。你到現在還平安無事，大概是因為警方並沒有認真調查連續縱火案，再不然就是已經開始認真調查，只是還在等你露出狐狸尾巴。你不這麼覺得嗎？」

小佐內指著旁邊的樹木。

「就算現在這棵樹後面有凶惡的人躲在那裡監視，我都覺得不奇怪。」

我沒辦法轉頭看那棵樹，或許是因為小佐內說的一點都沒錯。

「看到你的處境這麼危險，我也很想出一份力，所以才主動調查。結果你竟然因此誤會我，指控我。

你應該還記得我勸你收手的理由吧，我說『我喜歡小市民』。其實更正確的說法應該是，你會想要抓到縱火犯，一定是因為你知道自己只是一個小市民。」

「我是小市民？」

我重複說了一次，小佐內歪著頭說：

「是啊。應該說你不夠聰明吧，或是不夠狡猾，指揮能力最好也再加強一點。還有，對別人的猜忌也該增加一點點。剛才我說下大雨那一天請朋友幫我買書，可是你卻沒有確認。在這種時候，就算你相信我說的話，也得親自確認過才行啊。

你的行動力勉強達到及格標準。就算不抱期望也要到現場看，這種心態很好。不過效率還得再加強，花了十個月，都還沒辦法縮小嫌疑範圍。

不過你還是有些地方挺厲害的。只要能親自抓到縱火犯，你根本不在乎有沒有人受害，就算縱火案繼續發生也無所謂。這種不擇手段的做法很符合揭露祕密的記者。至於總分嘛，唔……」

晚風吹得我背脊發涼。

「可是我並不覺得失望。」

我發現，小佐內臉上帶著笑容。

「因為我本來就覺得你只有這點能耐。」

我一直很想讓她露出這種笑容，就像看到甜點時那種開心的笑容。

小佐內沒再繼續說下去。

我知道這是什麼意思。我讓小佐內徹底失望了，今晚就會結束。跟我事前想像的一樣，這大概是我們最後一次說話了。

我的腳步沉重得像是黏在地上。我朝公園門口走了一步，卻走得舉步維艱。我希望自己至少能堂堂正正地走開，但身體好像在抽搐，腦袋也昏沉沉的。

然後該怎麼辦呢？

至少要跟社員說今晚的行動結束了。結束了嗎？我隱約覺得不太對。如果逮到縱火犯，事情就結束了，但我今晚只是跟小佐內說了話。

我回頭望去，看不到小佐內的身影。我沒辦法整個人轉身，就維持這個姿勢說：

「縱火犯到底是怎樣的人？」

小佐內在我的視野之外乾脆地回答：

「看起來和我們差不多年紀，應該是個男生。」

然後我聽到她的笑聲。

「現在應該被逮捕了吧，因為狐狸先生正在到處閒晃。」

我聽不懂她說的話。

因為我只是小市民，所以才聽不懂嗎？

4

那句「到處閒晃」是說給我聽的。

在瓜野離開之前，我只能尷尬地站在原地，盤著手靠在他們身旁的樹木後方。雖然我離他只有短短幾公尺，但我默不吭聲，他也一直沒有發現。途中我的手機還發出訊息通知聲，但他依然沒發現。小佐內同學說出「樹後躲著人」的時候，我有些驚慌失措，然而他還是沒發現，是因為太死心眼嗎？

我在心底不斷問著「可以了嗎」？他們的對話越來越尖銳，如果我隨便跑出去，而他們還在談話，那就太尷尬了。我總不能說「哎呀，接下來就讓你們年輕人自己去聊吧」。

不知道是第幾次在心底問著「可以了嗎」，終於聽到了回答。

「小鳩，可以了喔。」

聽到她的聲音，我懷著警戒從樹後走出來。瓜野已經不在了。背對著我的小佐內同學看起來好嬌小。我朝著她說：

「妳提起狐狸太過分了，瓜野一定聽不懂啦。老實說，連我都沒有立刻意識到這是在說我。」

「聽不懂也無所謂。」

小佐內同學依然沒轉過來。

「結果怎麼樣？」

「解決了。是健吾抓到的。」

剛才的訊息就是健吾傳來的，他說『抓到人了，有路人幫忙報警』。我本來很擔心，如果健吾一個人抓住了縱火犯，他會不會因為對方求饒而心軟放人。其實他把人放了也無所謂啦……可惜縱火犯在最後關頭的運氣不太好。

「剛才除了消防車以外，我還聽到警車的警笛聲。妳有注意到嗎？」

「沒有。眼前的事情就夠我煩的了。」

的確是這樣。

「我猜警車是來抓人的。」

「是嗎……這都是靠著你的推理吧？」

如果是高一的我一定會回答「不是」，因為我立志成為小市民，發誓不再揭露別人的祕密。

高二的我會回答「是啊」，因為我對原本的志向已經鬆懈了，言行舉止都變得很不謹慎。

現在的我會這樣回答：

「我的確出了一點力，不過，這都是靠著大家的努力！」

小佐內同學慢慢轉身，露出笑容。她笑得很勉強，像是在敷衍無聊的笑話。

我望向夜空，先前那片橘紅色的火光已經不見了，警笛聲也消失了，周圍不知不覺地又恢復了夏夜的寧靜。

小佐內同學問道：

「所以縱火犯到底是誰？」

她一副意興闌珊的樣子，如同禮貌性地詢問充分享受了假日的朋友「昨天的演唱會如何啊」。我不禁苦笑。

「我現在還說不準。健吾大概太匆忙了，訊息寫得不清不楚。但我應該猜得到。」

「你已經把範圍縮得很小了吧？」

「差不多四十人。之後就是靠情報販子的協助了。」

「告訴我，小鳩，你做了什麼？」

她朝我瞄了一眼。

我早就想過要跟別人聊這件事。我不打算保密，沒有這個必要。可是我想像的情景是放學後的校園或某個地方，像閒話家常一樣談著過去發生的事，而且對象應該是個健談的同學。

我沒想到，今晚會在這裡跟小佐內同學談這件事。我們已經一年左右沒有說話了，結果一聊就是聊縱火犯。再說，小佐內同學應該也沒有很想知道。我抓抓臉頰。

「嗯，改天吧。現在只能站著說話，而且今晚已經發生太多事了，該回家了。」

「說嘛。」

她卻堅持地要求。

「拜託你。我想要在今晚讓一切結束。」

……這樣啊。既然她開口懇求，那就沒辦法了。

我心想至少找張椅子來坐，可是這個公園的長椅是臘腸狗的形狀，還吐著舌頭，我一看就不太想坐，還是決定站著說。

唔……該從哪裡說起呢？

「好吧。妳已經知道哪些事了？」

「全都不知道。」

我覺得她沒有說真話，但也不怎麼介意。我決定從頭說起。

「很簡單，今年二月，我家附近發生縱火案，起火的是一輛被丟在河邊的奶油色廂型車。我跑去看熱鬧，發現那輛車很眼熟，就向健吾求證，結果證實了被燒的那輛車是北条的……妳還記得北条嗎？就是去年綁架妳的那群人的其中一個。」

「咦？」

小佐內同學發出愕然的驚呼，像是很意外的樣子。

「是從這裡開始的？」

「啊，妳果然知道。」

我對連續縱火案不太感興趣。去年小佐內同學說我的個性就像飛蛾一樣，一看到謎題就會被吸引過去，但她說得不太對。我不是對任何事都有興趣，就算看到縱火案一再發生，我頂多只會皺著眉頭說「真是不平安啊」。

如果被燒的那輛車不是北条的，我才懶得多管閒事。

經過調查，我發現這件事和北条完全沒有關係，反而找到了很多其他的線索，所以我很快就捨棄了連續縱火和去年綁架案有關聯的假設。姑且不論我沒有想過這只是巧合，我會對區區一樁巧合這麼執著真是太蠢了。

「簡單說，那輛車遭到縱火只是因為被當成垃圾，跟原先的車主沒有關係。」

小佐內同學點點頭。

「當時我也嚇了一跳，不過也就只是嚇一跳，覺得這件事太巧了。」

那輛車會被燒還是有理由的。

北条當時只有十六、七歲，她一定是擅自把父母的車開出來。在去年那件事以後，那輛車就一直被丟著不管，除了受到風吹日曬以外，車裡也是一片狼藉。

就是這荒廢的模樣引來了不懷好意的人。

「我好奇地找健吾談了之後，就聽說妳在干涉校刊社的事。」

「干涉……」

「細節的措詞就不要介意了，總之我從健吾那裡得到了資料和情報，得知在追蹤連續縱火案的社員叫作瓜野，以及瓜野認定這和本市的『防災計畫』有關。我一聽就覺得很牽強，縱火還要在意消防分局的轄區也太莫名其妙了，可是縱火案的順序和分局順序一致是事實。我覺得很奇怪，就去圖書館查了資料……一看到就笑了出來。」

想起當時的情況，我不禁苦笑。

「七年前還沒有小指分局，而五年前至去年的『防災計畫』都沒有列出分局的轄區。依照瓜野的理論，縱火犯參考的資料只能是六年前發行的『防災計畫』。這件事原本就很不可信了，現在範圍又縮得這麼窄，『防災計畫』理論根本說不通。所以我當然會想到這是人為實現的預言。」

我覺得對小佐內同學沒必要解釋得太詳細，但還是補充說：

「也就是說，縱火犯是照著《船戶月報》的報導來選擇下一次縱火地點的。」

我偷偷觀察小佐內同學的表情，但她只是默默聽著。她早就料到了嗎？至少她沒有表現得很意外。

我繼續說下去。

「不過，人為實現預言的理論也有問題。第一次縱火案發生在十月，《船戶月報》第一次報導縱火案是在二月。二月一日報導公開，過了十天左右就有人照著報導放火……那麼從十月到一月的那四次縱火案該怎麼解釋呢？關於這個問題，健吾提供的消息幫了我一個大忙。」

我不記得詳細內容了，只記得他提到瓜野非常努力，一直在調查十月到一月的四次事件有沒有什麼共通點，後來他發現了「消防分局轄區」這個關鍵字，又開始逐一調查消防分局的列表。我想他指的大概是電話簿、災害潛勢地圖、市民生活手冊之類的東西。這些資料後來成了我推論的佐證。

「瓜野一直在找縱火現場的共通點，後來他真的找到了。當時我還不認識瓜野這個人，只覺得這位學弟似乎沒有注意到找尋共通點時會遇到的陷阱。」

只要找得夠努力，一定能找到符合預測的資料，如此他對自己的預測就更深信不疑了。

小佐內同學微微地點頭。她一定很清楚瓜野的個性。

我又說道：

「如果樣本的數量不多，很容易就能找到共通點，就像桃子、臭橙和鳳梨的共通點就是都長在樹上。」

「鳳梨又不是長在樹上……」

這不重要啦。

「說得難聽點，共通點任他怎麼硬凹都行。事實上，葉前、西森、小指、茜邊這四件縱火案原本並沒有共通點，這個共通點是他後來才硬加上去的。所謂找尋共通點就是這麼回事。或許瓜野根本沒發現自己只是穿鑿附會。

不對，他可能懷疑過，但是他在報導裡提出這個假設之後，縱火案如他預期地發生了，他一定覺得事實證明了他的假設是正確無誤的。」

我可以幫瓜野找到理由。

如果《船戶月報》是從第一次縱火案開始預言，他一定會懷疑縱火犯是依照《船戶月報》的報導作案。若是縱火案發生的次數很多，譬如要從十次縱火案裡面找出共通點，共通點就會變得更精細，他也很有可能發現自己是在穿鑿附會。

就是因為共通點很容易找到，再加上有事實為證，這兩道陷阱湊在一起，才害他沒有發現。

不過我沒打算幫他說話。畢竟我們又不認識。

「知道問題出在校刊社時，我有些煩惱。如果告訴健吾，的確有辦法停止《船戶月報》的專欄，可是這樣做就能制止縱火案嗎？

縱火犯在二月以後都是照著《船戶月報》作案，但他從十月就開始縱火了，就算停掉專欄，縱火案恐怕還是會繼續發生。既然如此……」

既然如此，還是得放長線釣大魚。

「我做了一點手腳，找了一位社員來幫忙。妳應該知道吧，我找來幫忙的是五日市。

健吾確實很得人心，在他的勸說之下，五日市才答應幫忙。」

「原來如此……」

小佐內同學喃喃說道。

「我到四月為止都是從門地那裡打聽消息……沒想到原來你也派了間諜。」

小佐內同學似乎有些不甘心。說間諜太難聽了，那只是內部協助者。

「我向五日市打聽校刊社裡面的情況，尤其是瓜野的工作內容。五日市說他全心投入於連續縱火案，完全不管繁瑣的基本工作，譬如排版、校對、影印、提早到校分發報紙之類的。」

聽到這個情況，我只覺得瓜野的聲望一定遠比不上健吾。但我也不喜歡做繁瑣的工作，沒資格批評別人。

「所以我想了一個計畫讓縱火犯現形，就是抽換《船戶月報》的內容，偷偷在專欄裡面加上幾個字。我在《船戶月報》六月號那篇慷慨激昂預測縱火地點的文章之後加上更具體的目標，總共有好幾種版本。」

說到這裡我才發現，這個計畫會讓五日市的工作量大增。不過計畫進行得十分順利，健吾或許有偷偷地幫忙吧。

「每一班拿到的六月號都是不一樣的內容。二年A班版本的縱火地點是某個十字路口附近，二年B班的地點是某個歷史遺跡附近，二年C班的地點是某公園附近。這麼一來，只要發生縱火案，我們就會知道縱火犯在哪一班。當然，分發給高一的報紙沒有動手腳，因為縱火案從去年就開始了，縱火犯當時已經是船高的學生。」

我的語調降低了一些。

「……其實我很想一次就得出結果，譬如把內容改成『下次縱火地點在某町的某咖啡廳』，然後直接去那間咖啡廳埋伏，這樣一次就可以解決了。不過船高有上千個學生，就算排除高一生，還有六百六十人，如果不先縮小範圍，直接去埋伏，不知道會發生什麼情況。我必須有更多情報，才能確實地引出縱火犯。」

我的計畫就是在六月號設下陷阱，找出縱火犯的班級，再用七月號把他引出來逮住。

換句話說，我只能眼睜睜地看著六月的縱火案發生，這點實在讓我很不愉快。

我是為了讓自己心裡舒服一點才親自跑來這裡嗎？小佐內同學小聲地說道：

「這也沒辦法啊。防災和抓人都不是你分內的工作，你不需要感到內疚。」

我不是內疚，而是為了想不出更完美的計畫而感到不滿。可是……

「謝謝妳。」

小佐內同學點頭，臉上沒有笑容。

其實六月並沒有發生任何損害，因為當天下雨，所以無法縱火。就算這樣事情也不會改變，只是計畫推遲一個月罷了。瓜野在七月號寫說下一次縱火地點還是在北浦，所以縱火犯就在北浦縱火。

「縱火犯真的上鉤了，七月的縱火案發生在北浦町太子堂附近，拿到『北浦町太子堂』這個版本的是二年G班，所以我確定縱火犯就在這個班級裡。」

「所以你把嫌移範圍縮小到四十個人了。」

嚴格說來，可以藉由這四十個人看到《船戶月報》的校外人士也包含在嫌疑範圍內。如果學生把《船戶月報》帶回家，他們的家人就看得到了。

但是瓜野的努力白費了，《船戶月報》還是繼續被丟進學校的垃圾桶。應該不會有學生從連續縱火案的報導尚未引起關注的二月號就開始把每一期都帶回家，若是擔心這點就過份小心了。

「之後，我想知道二年G班有沒有人跟瓜野高彥特別親近。剛好有人很了解校內的人際關係，我就去跟那個人打聽。」

小佐內同學溫和地指出了我省略的部分。

「為什麼要找跟瓜野特別親近的人？」

「喔喔……」

我搔搔臉頰。

「很簡單，瓜野是靠著十月到一月的四件縱火案而想出『防災計畫』的理論，他在《船戶月報》二月號發表了這個理論，縱火犯在二月就立刻依照瓜野的理論作案。

在二月的時候，還沒有太多人關注《船戶月報》的報導，發行當天還是可以看到垃圾桶塞了一大堆報紙，可是縱火犯卻在第一時間就開始參考《船戶月報》。

最有可能的情況是縱火犯在一月已經知道了瓜野的理論，就算只是碰巧得知的。如果真是這樣，縱火犯應該是和瓜野有密切接觸、有機會聽到他這個理論的人。」

「我懂了。」

小佐內同學的語氣平淡至極。

「我也明白了你剛才為什麼會跳過這一點。」

她果然看出來了。該說她很聰明嗎？

是啊，就是因為這一點，我很久都沒辦法排除小佐內同學的嫌疑。我也沒辦法完全忽視北条的車在二月遭人縱火的事實，所以不時會冒出疑心。縱火不像是小佐內同學的作風，可是……

我計畫在每一班分發不同版本的報導，若能得到瓜野的協助是最好的。如果不讓瓜野知道，五日市就必須瞞著瓜野偷偷製作各種不同版本的《船戶月報》。雖然這樣很麻煩，但是既然懷疑瓜野和縱火犯之間有關聯，當然要小心為上。

再考慮到縱火犯說不定是小佐內同學，就得更謹慎了。

瞞著瓜野純粹是為了慎重起見，如果他後來發現這件事而生氣，讓健吾去跟他解釋就好了。雖然場面會有些尷尬，但至少不會影響計畫。

……結果他直到最後都沒發現。如果他有幫忙分發報紙，一定會發現的。

我覺得懷疑小佐內同學並沒有錯，在情報不足的時候，我當然要懷疑她。事實上，我連學生指導部的老師和堂島健吾都懷疑過。

現在既然知道她沒有嫌疑，就沒必要提起我懷疑過她了。我乾咳一聲，繼續說下去。

「調查有了結果，二年G班確實有瓜野的朋友，他們高一時是同班同學。我把那個人當成第一嫌疑犯，在分發到G班的《船戶月報》八月號再次設下陷阱，寫著八月的縱火地點是針見町的第一兒童公園附近，所以我才會來到公園。」

我雙手一攤。針見第一兒童公園只聽得見細微的蟲鳴聲。這裡的鐵欄杆和樹籬很高，視野不佳，這裡雖然不適合監視，卻很適合埋伏。

「我叫健吾在這裡埋伏。」

小佐內同學朝我拋來意味深遠的一眼。

我知道她想說什麼。她一定想問：「為什麼你不自己來埋伏？」

因為一定有很多蚊子嘛。

……我打算先藏在其他地方，等時間快到再過來，可是作案時間比我想的更早，所以我才沒有趕上。我在心裡如此辯解。

小佐內同學對我的糾葛渾然不覺，問了另一件事：

「雖然沒必要問，但我還是問一下嫌犯的名字好了。」

「喔喔。雖然沒必要講，那個人叫冰谷優人。」

小佐內同學果然不認識這個人。聽到接連縱火十次的凶手名字，她的反應只有：

「喔。」

晚風吹撫在臉上。

刺耳的鼓翅聲突然傳來。一隻飛蟲竄到我們兩人之間。我無意識地舉起雙手，瞄準飛蟲拍下去，本來以為打中了，但鼓翅聲並沒有消失，我只是在半空合掌罷了。

小佐內同學的視線游移著。她依然面向著我，只用視線追蹤飛蟲，接著她猛然抬手，在半空握住，用力捏緊之後，她又鬆開手掌。

嗡嗡聲響。小佐內同學轉開目光。

「逃走了。」

「妳是放過了牠。」

說不定她下地獄之後，佛祖會因此從天上放下絲線來救她。

小佐內同學凝視著自己的手，然後死心地放下，說道：

「小鳩，你真厲害。」

飛蟲不知道跑到哪去了。

「我又沒打到。」

「嗯，我也一樣。不過我說的不是這件事。」

……我知道啦。

「剛才在火災現場看到你時，我就有預感了，我知道你一定可以逮到縱火犯。我知道你不擅長解決這種有上千個嫌疑犯的案件，但我還是覺得你一定做得到。為什麼呢？」

「我也不知道。」

「大概是因為我很相信你吧？」

我不悅地回答：

「我花了太多時間，還要坐視損害發生。這沒什麼好稱讚的。」

「你知道嗎？這連續縱火案很受大眾矚目唷。因為站前鬧區和老舊住宅區發生火災後果會很嚴重，民眾自發組成了警衛隊，警察的巡邏頻率也增加了，報紙還提到有一些地區發起了特殊防災演習。你雖然只是個高中生，卻解決了一樁大事件。」

被她這麼一說，我才開始覺得害怕。

我一開始就猜到縱火犯會看《船戶月報》，所以原本只把連續縱火案當成校內的事件。這當然不是事實，縱火案是發生在木良市各地，而且縱火可是重罪。

「正確的推理，漂亮的實踐。」

我稍微皺起了臉。

在我聽來，這句話跟「愛管閒事」的意思差不多。我一開始並不是很感興趣，直到找五日市幫忙的那陣子才開始樂在其中，查資料雖然麻煩，但是一想到之後的收穫就不覺得辛苦了，看到縱火犯上鉤暴露身分時，我更是笑得合不攏嘴，甚至開心到睡不著。

我並不是為了公共福祉著想，只是單純覺得很享受。小佐內同學一定知道這一點，卻故意說反話來揶揄我。

我也有一件很在意的事。

「小佐內同學，妳到底知道多少？」

「我？」

「當我發現妳和這件事有關時，我就在想妳可能是要向某人復仇。我相信，妳若有什麼行動，鐵定是為了報復。」

小佐內同學也故意不悅地鼓起臉頰。

「真過分。」

「抱歉。」

「……跟剛才說的一樣，我什麼都不知道。我沒辦法解釋得像你一樣清楚，總之我覺得縱火犯應該知道校刊社的計畫，並且在暗中作怪，所以我挑了校刊社沒安排人手的地方去監視。上個月，我看到疑似縱火犯的人，雖然距離太遠抓不到人，但我覺得應該就是他吧。我能做的頂多也就是這樣。」

我沒有說話。小佐內同學很會說謊，我不認為真的只是這樣。

小佐內同學一定看得出我不相信，她刻意用開朗的語氣換了話題。

「小鳩，你和女友怎樣了？」

她突然這麼問，我一時之間沒有會意過來。

「我說仲丸同學啦。」

聽她這麼一說我才想起來。嗯，我們一起打造了很多愉快的回憶。我笑著說：

「我們分手了。應該說我被甩了。仲丸同學有其他男朋友，我知道之後還是一如往常地和她相處，結果她很生氣，把我批評得跟人渣一樣。」

「啊，嗯，確實跟人渣一樣。」

是這樣嗎……

小佐內同學把手背在身後，輕輕踢著地面。

「我今晚也算是分手了吧。」

「的確是呢。」

被女友批評得這麼難聽，還能若無其事繼續交往下去的，大概只有被虐狂吧。瓜野不像是這種人。只要他今晚沒有突然覺醒的話。

這麼說來，她說出那番話並不是為了分手囉？小佐內同學又踢著泥土，露出有些困惑的表情。

「或許你不相信，我真的想幫瓜野的忙。」

我應該沒有露出懷疑的表情，卻還是被她瞪了一眼。

「真的啦。」

「喔喔，嗯。」

小佐內同學的口中發出輕輕的嘆息。

「我是說真的，瓜野向我告白的時候我很高興，因為他還滿帥的，又很有自信，我立刻就決定要和他交往了。我很想知道，愛情到底是什麼東西。」

費加洛的婚禮？（註3）

3　在這齣歌劇中，情竇初開的童僕凱魯比諾有一首詠嘆調叫作「知否愛情為何物」。

「我想試試看談戀愛，所以才努力地為瓜野著想。男女朋友不都是這樣嗎？我想，有了行動之後自然會產生戀愛的心情，我也覺得自己做得很好。

但瓜野是怎麼看待我做的事呢……你剛才也看到了，我的努力都白費了。結果我一點都沒有改變。」

原來我一直在校刊社的周遭發現小佐內同學的蹤跡是因為這樣。

可是……

我真不敢相信小佐內同學會為一個男生做這麼多事，可是她做的卻是「暗中推動別人去爭取寫報導的空間」、「在埋伏連續縱火犯的包圍網疏漏之處悄悄監視」，感覺實在不太對，這可不是談戀愛該做的事。

……喔，對了，這就是所謂的挑別人毛病比較容易吧。

不過我對自己拿捏分寸的能力倒是很有信心。

「仲丸同學要求跟我交往時我也很高興。妳也知道，我從國中跟那個女生交往之後就沒再交過女友了。仲丸同學沒什麼好挑剔的，我還算是高攀了。」

她個性活潑，了解流行的話題，而且感情又很豐富，她很愛笑，有時也會鬧脾氣，感覺挺可愛的，她會跟正在交往的男友說自己喜歡怪人這一點也很調皮，可是……

「我們聊過很多事，不過呢，小佐內同學，麻煩的是我都猜得到她要說什麼。聽到她說『有一件很離奇的事』，我卻不覺得有什麼離奇的。我擔心隨便揭穿謎底會惹她討厭，所以一直都在忍耐。」

「但你終究還是忍不下去吧。」

嗯。我錯就是錯在不該看穿別人要說的話。

「我經常會忍不住賣弄小聰明，所幸仲丸同學並沒有因此討厭我……其實我就算賣弄小聰明，她也不會發現。」

我和仲丸同學的愉快生活可以用四個字來形容。還好小佐內同學問了：

「那你的心情如何？」

我不加思索地回答：

「白費心機。」

比別人更快看穿事情的真相並搶先一步說穿，的確很愉快，但多嘴又會引起別人的反感。我很害怕引起格外強烈的反感，為此變得畏首畏尾，所以和仲丸同學在一起應該會很輕鬆愉快。

我被人稱讚會高興，被人討厭會難過。

可是，完全不被人注意又是怎樣的感覺呢？我有時真想跟仲丸同學說「先等一下，我正在解謎。順便問一下妳的感想是？」，雖然我最後什麼都沒說，但是相處越久，那種壓抑的感覺就累積得越多。

如果平安無事地相處下去，說不定我會逐漸習慣。如果我習慣了運用智慧揭穿天大的謎題都只能得到一句「喔，這樣啊」，我的虛榮心或許就會逐漸消磨、耗損，最後完全消失。

真是如此的話，也算是個好結局吧。

結果我卻碰上了連續縱火案。仲丸同學也有自己的期望，她對我的不滿也不斷地累積。依照仲丸同學的人生觀，她希望我為她吃醋、為她瘋狂，但我卻沒有達到她的期望。

這樣說來，或許我真的是人渣吧。

小佐內同學說：

「白費心機嗎。是啊，我和瓜野在一起之後也有類似的想法。」

她冷冷地微笑著。

「我心想，這個人真無趣。」

呃……

我對仲丸同學的評價還沒有這麼低啦。

◇

「小鳩，你記得我們去年分開的事嗎？」

「當然記得，不過我們又沒說以後不再見面。」

「嗯……我不是要說這個啦。你還記得我們分開的理由嗎？」

我點頭。我當然忘不了。

我們之所以想成為小市民，是因為自以為與眾不同。單獨一人時，這種感覺會更明顯，但是和小佐內同學在一起時，這種感覺就會減輕，因為小佐內同學會包容我這一面，我也會包容小佐內同學這一面。我們用互惠關係為名義，享受著彼此的包容，但這種心態又跟「成為小市民」的目標互相扞格，所以我們沒辦法繼續在一起。

「我後來說的話並不是假的，那不是隨便說說的，但是經過這一年，我的想法已經改變了。」

鞋底發出摩擦聲。小佐內同學朝我走近一些。

「我們並不聰明，如果我們夠聰明，就不會犯那麼多錯了。我們會更有自制力，更重要的是，不會傷害到任何人。」

「是啊，我也是這麼想的。」

可是……

「可是，如果我們因此說自己無能，那也是在說謊。就算我不像自己想的那麼聰明，你也不像自己想的那麼聰明……如果我們說自己什麼都做不到，就是在說謊。

看著瓜野那笨拙的行動，我都會忍不住覺得『如果是小鳩一定能做得更好』。我不是高估你，你今晚做的事就是鐵證。」

「和仲丸同學交往確實很開心。女生在購物時其實很需要策略，選擇要看的電影或該說的話也很愉快。可是我真正的興趣還是在這裡，像今晚這樣的對話，說明推理經過，比那些事更讓我興奮。謝謝妳聽我說這些，我果然還是比較適合做這種事。」

我思索著措辭。

「體溫都上升了。」

月光十分耀眼。

我發現，雖然我和小佐內同學分開了一年，但我籠統做出的結論和小佐內同學說的結論卻很相似。

我們口中的「小市民」是用來和周圍人們相處的口號，是為了避免再次受到孤立的場面話。就像是投降的白旗，用來告訴別人「我一無是處，請放過我吧」。

這句口號說了三年，我終於明白了。如果我真的想和別人和平共處，根本不需要用這種話來抹殺自己的本性。我越是揮舞白旗，心中越會萌生出反叛和厭惡，而且會越來越輕視別人。

不是這樣的。我真正需要的並不是披上「小市民」的羊皮。

只要有一個理解我的人就足夠了。

「我花了一年的時間，繞了一大圈。」

小佐內同學喃喃說道。

「我一直在等著有人來打碎我的驕傲，一直等著有人直接了當地教訓我『別再得意忘形了』。可是，一切都結束了。我已經等太久了，時間到了。」

小佐內同學抬起頭來。她的表情看似自然，卻又有些僵硬。

「我不認為你是最好的，將來我或許會遇到更聰明、但又更體貼的人。我相信遲早會有那一天。

可是啊，小鳩，在本市裡，在船戶高中裡，我想……在我遇到真正的白馬王子之前，你是第二好的選項。所以……」

就算我是人渣，讓女生來說這種話也太沒用了。我想要裝帥地攤手打斷小佐內同學的發言，動作卻明顯地透露出慌張。

「那個，先等一下。」

「嗯。」

小佐內同學看著我。

「我的看法也是一樣的。如果我在妳眼中有這麼好，我們在一起確實不錯，但我就算沒這麼好，至少對現在的我來說……」

「嗯。」

「妳是不可或缺的。」

然後是一陣沉默。

今晚真的很熱，感覺比剛才更熱了。

飛蟲嗡嗡地飛過來。

小佐內同學摀住嘴巴。

我聽見了她的偷笑。

我也湧起一陣笑意。噗哧一聲，再也壓抑不住。我們兩人在深夜的公園裡放聲大笑。

笑完以後，小佐內同學擦擦眼角說：

「瓜野用簡單一句『和我交往吧』就能做到的事，我們要講多少話才行啊？說到底，我們也只有想事情這點比較厲害吧？」

依然在笑的我點點頭，但我並不完全同意她的意見。

思考、在錯誤中反覆實驗、欠缺和互補、需要和供給。如果我們決定繼續在一起是為了這些目的。

「嗯。小鳩，我們恢復關係吧。雖然我覺得不會維持太久。」

……如果只是為了這些目的，我現在應該不會有這種心情吧。

遠方似乎又發生了什麼事，我聽到警笛聲乘風而來。現在大概快要十一點了。

我現在該說「夜深了，回家吧」，還是該讓小佐內同學帶我去這種時間還在營業的美味蛋糕店呢？

這是需要好好思考的時候。這個問題太困難了。

第六章　又到秋天

八月八日星期五。電視新聞報導，連續縱火犯在作案時被當場逮捕。嫌犯冰谷優人還未成年，所以新聞只說「本市的高中生（17歲）」。抓到縱火犯的勇敢少年連名字都沒說就離開了。幫忙報警的路過男性說「他好像也是高中生」。因此，頑劣少年和勇敢少年的事蹟一起流傳開了。不過木良市連續縱火案還沒有罪大惡極到足以被長期大幅報導。事情過後，社會大眾遺忘的速度快到令人驚愕。

接著，暑假結束，秋天到來。

在約好的時間還沒到時，我一直在教室看《船戶月報》。第二學期的開學典禮沒有分發《船戶月報》，之後好一陣子都無聲無息，我還以為九月號取消了。過了很久之後，《船戶月報》才像是突然想起似地發下來。我可以猜到延遲的理由，所以並不覺得奇怪，至於班上的其他人嘛……大概從一開始就對校內刊物不感興趣吧。

採訪活躍的體育類社團。園藝社的義工活動。報導內容四平八穩，和從前一樣無聊。

我在看的當然是專欄。

（九月十六日　船戶月報　第八版專欄）

本專欄從今年二月開始持續報導連續縱火案，在此報告案件的後續發展：八月八日，嫌犯在縱火時被人發現，遭到逮捕。不能更早抓到人雖然有些遺憾，但市鎮範圍太廣，要抓人並不容易。新聞提到嫌犯說「放火是為了排解鬱悶，（每次放火）看到朋友為此鬧翻天的樣子也覺得很有趣」。嫌犯當然有錯，但是鬧翻天的人或許也該負些責任。如此說來，本專欄也得好好反省才行。（五日市公也）

看了幾遍，我還是只能乾笑。

五日市似乎積怨不少。全國性的大報社都有提到「放火是為了排解鬱悶，（每次放火）看到朋友為此鬧翻天的樣子也覺得很有趣」這句話，電視新聞節目還下了註腳，像是

「現今社會人際交流日漸薄弱，只能用這種方式和他人建立關係」之類的。

他一開始只是個普通的縱火犯，因為每天上補習班，被期待當個秀才，就是所謂現今社會云云的理由，總之他會縱火只是一時興起，只不過是每月做一次小小的壞事，讓自己排遣心情。他沒有考慮太多，所以一開始放火都是在市區西邊。他家就在那一帶。

我早就想過，縱火犯固定在星期五深夜放火，應該是因為他星期五都要補習到深夜。雖然我想到這一點，卻沒有想到「八月是暑假，補習時段會改變，可能不會繼續在深夜縱火」。這都是我的疏忽。

我不清楚生活於現今社會是有多辛苦啦，總之冰谷後來繼續縱火是因為期待瓜野的報導，而且他還依照瓜野報導的地點來縱火。瓜野根據「防災計畫」寫了報導，得意洋洋地發表，冰谷照著作案之後，想必會去向瓜野說：「太厲害了！又被你說中了！」冰谷才不是因為「看到朋友鬧翻天的樣子覺得有趣」，而是打從心底看不起瓜野，故意戲弄他。照這樣看來，瓜野發現的「鐵槌痕跡」也很可能是冰谷故意弄給他看的。

說不定他只是個連發洩情緒都得發洩得很自律的可憐罪犯，所以才要讓別人幫他寫犯罪計畫。

或許兩者都有吧。

瓜野一直被朋友玩弄於股掌之中，暑假又被以為正在交往的女生狠狠教訓了一頓，這個月還被原本以為是屬下的同學在報導裡出言諷刺，現在他一定覺得人生黯淡無光，而且他直到不久之前還自認為是個難得的人才。想到他今後的情況，我就不由得感到同情。

我看看牆上的時鐘，時間差不多了。我站起來，把手上的刊物放進書包。窗外還很明亮，風中已經帶有秋天的味道，但白天還很長。

我到了走廊上。還有很多學生留在學校，擦身而過的人我幾乎都不認識，只有一個女生一看見我就露出意味深長的微笑。是吉口同學。

吉口同學蒐情八卦的能力在這次的事件裡提供了有力的協助。雖然她沒有名氣，乍看只是個普通的女學生，但還真不能小看她。想到這裡，我突然覺得或許到處都有不能小看的人才。在這間小小的學校裡，有能之人步步高升，無能之人逐漸沉淪。好像連我都開始覺得世道凶險了，不過這不是重點。

吉口同學大概已經知道我和小佐內同學恢復關係了。

擦身而過時，吉口同學低聲說了一句：

「幹得好！」

從她的角度來看，我就像是從瓜野手中搶回小佐內同學的勝利者。以前的我會覺得無所謂，因為我和小佐內同學只是互利互惠的關係，傳出八卦反而對我們比較有利。

如今……

我真不希望這種誤會越傳越大。

我搔搔臉頰，一邊如此想著，走下樓梯，就發現小佐內同學在校舍門口等我。看到她一副百無聊賴地靠在牆邊踢著地板，我趕緊跑過去。

「抱歉，讓妳久等了。」

小佐內同學慢慢搖頭。

「沒關係，我喜歡等人。」

「今天打算做什麼？」

她傳了訊息約我見面，但沒說是什麼事。小佐內同學的訊息一向很簡略，今天傳來的也只有短短一句：「四點校舍門口？」我很了解她，所以並不介意。

「跟你說喔，『櫻庵』開始供應秋季限定的栗金飩了，可是一個人去那間店只能坐吧檯，我想要在包廂裡慢慢享用……」

意思就是要我去湊人數吧。

罷了，這也很符合小佐內同學的作風。

我來過日式甜點店「櫻庵」，那是去年的事，當時也是跟小佐內同學一起來的。我曾經想過要帶仲丸同學來，當時我們正在附近散步。結果我們到底有沒有來呢？我不太記得了。

位於老舊大樓一樓的「櫻庵」以紅黑二色為裝潢基調，令人聯想到黑漆和紅顏料。我們兩人走進店內，女服務生就建議我們去坐包廂。

牆上掛著「秋季限定栗金飩上市」的短箋。我心想，就是這個嗎？小佐內同學拿起菜單仔細端詳。她的表情如此認真，我都懷疑上面寫的是密碼了。她看了很久之後，放下菜單，嘆著氣說：

「冰淇淋就留到下次吧。」

她像是在勸告自己。以她的能耐，就算要一口氣掃光栗金飩和冰淇淋也沒問題，有什麼好煩惱的呢？這是她的某種堅持嗎？

穿著日式圍裙的女服務生先幫小佐內同學點餐。

「請給我栗金飩抹茶套餐。」

「我也要一樣的。」

可能因為是期間限定商品，栗金飩套餐要價不斐。算了，偶爾吃一次也還好。

我們聊著天氣和考試的話題打發時間，過了一會兒，栗金飩套餐用托盤裝著送上桌。裝抹茶的杯子好像是白志野（註4），方形的漆盤上放著兩顆栗金飩，顏色是暗黃色，體積

4　手工製作的白釉瓷器，表面凹凸不平，有橘皮般的斑點。

頗大，形狀是包在布裡捏成的，上方尖尖的小角很可愛。旁邊附上小竹籤，這的確比湯匙或叉子更加風雅。

「喔喔，終於來了……我等了好久。」

小佐內同學感動得像是在沙漠中看到了一滴水。

「妳這麼期待啊？」

「嗯。上次跟你聊過之後，我一直好想吃。」

「上次？」

我們有聊過栗金飩的事嗎？見我歪著頭思索，小佐內同學拿著竹籤的手停住了。

「啊，抱歉，我沒跟你說過。」

原來如此。她應該是跟瓜野說的吧。

仲丸同學曾經為了我很了解咖啡廳而對我發脾氣，她說我太遲鈍了。被她這樣批評，我並沒有生氣，只是覺得有些莫名其妙。

總之我先從抹茶開始，小佐內同學則是迫不及待地直接吃栗金飩，她切下半塊，用竹籤送進口中。

「呼……」

她露出恍惚的神情，毫無戒備地笑著，令我忍不住開始幻想邪惡的情節，心想現在刺殺她一定會成功。

我也切了半塊栗金飩送進嘴裡。

喔喔，果然。

真的很好吃，栗子的風味在口中擴散。我常吃糖炒栗子，但這是我第一次吃栗金飩，感覺以前吃過的栗子都被比了下去。栗金飩的味道並不重，而是有著細膩的風味，好吃到令人自然而然地露出微笑。

雖然甜度不高，但又不是完全不甜。綿密的口感在嘴巴裡翻騰，濕潤而不黏，也不會乾到在嘴裡碎成粉末。可能是因為栗金飩不像西式甜點一樣飽含脂肪，吃起來一點都不膩。

日式甜點大概比西式甜點更符合我的口味吧。在小佐內同學介紹給我的甜點之中，這道栗金飩可說是數一數二的美食。

「真棒……」

小佐內同學喃喃說著，喝了一口抹茶，然後像是終於恢復意識，視線也有了焦點。

「沒想到這麼好吃。」

「比以前的都好吃嗎？」

「嗯。今年的特別好吃。栗子的季節才剛開始，之後或許會更好吃。」

她把另外半塊栗金飩又切下一半，慢慢地享受。我可以理解她為什麼要這樣做，因為囫圇吞下太糟蹋了。

片刻以後，我和小佐內同學的盤子裡都少了一顆，只剩一顆。我們兩人同時拿起茶杯。

我發現，小佐內同學的視線有一瞬間銳利地盯著我盤中的栗金飩。她竟然打我這盤的主意。如果我現在去洗手間，回來時可能只會看到一個空盤吧。我忍不住把盤子往自己移近一點，表達出我的警戒心。小佐內同學輕輕嘆了一口氣，放下茶杯說：

「小鳩，你知道栗金飩是怎麼做的嗎？」

我好像在電視上的新年特別節目裡看過。我搜尋著朦朧的記憶，回答道：

「好像是用糖水煮的吧。」

「你說的是年菜吧……」

她又露出狼盯著獵物的眼神看著我的栗金飩。

「難道這個看起來像栗子甘露煮嗎？」

聽她這麼一說，眼前這道甜點確實不是單純把栗子放在糖水裡面煮，而是先搗成泥狀再捏成球狀。可是……

「我記得『村松屋』也有賣一樣的東西，好像叫栗茶巾。」

我喃喃說道。

「這個跟那個不一樣。」

她如此回答。看起來明明都一樣啊……隨便啦，可能是這種甜點本來就有很多名字。

小佐內同學喝光抹茶，把杯子放到托盤上，說道：

「這是把煮過的栗子磨成泥，加入砂糖用小火熬煮，只靠栗子釋出的水分抓成一團，裹著布捏出形狀。你看，很簡單吧？」

「聽起來是很簡單沒錯。」

「真的很簡單，只要有栗子，就能自己在家做。可是……」

小佐內同學又盯著我的盤子。她自己的盤子裡明明還有一顆！

「在家裡沒辦法做得這麼好吃。這間店應該有自己的祕方吧。」

不可能沒有祕方的。或許是栗子和砂糖的品質比較好，若是添加了其他東西，外行人也辨別不出來。

小佐內同學把手伸向竹籤，我以為她終於要吃自己那份了，但她又把手縮回去，用較為冷靜的表情看著我說：

「那你知道糖漬栗子（Marron glacé）的做法嗎？」

我老實地回答：

「那是什麼？」

小佐內同學似乎沒料到我會這樣說，她愣了一下，然後歪著頭說：

「呃，可以說是西洋的栗金飩吧。」

「喔？」

「兩者都是栗子做的甜點，但做法完全不一樣。」

我沉默地等著她說下去。每次談論甜點的時候，小佐內同學就是一副幸福洋溢的模樣。我不想潑她冷水。

「把栗子煮熟、剝皮、浸泡在糖漿裡，這麼一來栗子的表面就會裹上一層砂糖的薄膜。接下來要把栗子浸泡在更濃的糖漿裡，這樣砂糖的薄膜外面會再裹上一層砂糖的薄膜，然後浸泡在更濃的糖漿裡……就這樣一再重複。」

日本人在煮黑豆的時候也是這樣逐漸用更濃的糖水去煮的吧？我沒有做過年菜，所以不太確定。

「其實重點不是裹在外面的糖衣，那只不過是砂糖。重點是，在裹上糖衣的過程中……」

我們兩人四目交會。

「栗子也會變得越來越甜。」

……喔？

我也放下了茶杯。

「栗子不甜不行嗎？」

「也不是不行，但是這樣澀味太重了。說不定還是有人喜歡吧。」

「所以才要加糖，讓所有人都會喜歡吃。」

「嗯。」

原來如此。

有不同的方法可以讓苦澀的栗子變成所有人都喜愛的甜點。

栗金飩是把栗子磨成泥，和砂糖一起熬煮。

糖漬栗子是用越來越濃的糖水浸泡栗子，讓栗子由外到內漸漸變甜。

我很清楚。

小佐內同學以略帶憂鬱的表情問道：

「小鳩，你喜歡哪一種？」

我知道她想表達的意思，遺憾的是我的回答只有一種。我用稍微戲謔的語氣說：

「我沒吃過糖漬栗子耶。」

小佐內同學似乎理解了我的回答，微笑著說：

現場。如果不是因為發現時鐘的事，他一定會這樣強辯。」

小佐內同學把竹籤深深插進四分之一的栗金飩裡，輕輕放入口中。

「也就是說，電話另一端傳來的火車聲音是他的有力證據，可是，火車的聲音並沒有那麼吵。這只是小事，但我還是有點在意。」

小佐內同學不發一語，就算她有話想說，現在她得忙著品嘗栗金飩。可以的話我真希望她主動解釋。沒辦法了，我只好自己說：

「我認為，妳當時在現場是事實，因為火車的聲音太吵沒辦法繼續講話也是事實。這樣看來，有問題的當然是聲音。要製造聲音很簡單，只要有錄音設備就行了，再不然就是跑到木良站的月臺上等電車來，反正距離也不遠。

可是這樣又有另一個問題。妳為什麼要對著手機播放錄音帶呢？」

小佐內同學似乎享受完栗子的美味了，她嘆了一口氣，說道：

「用錄音帶也太復古了吧……」

妳去年夏天不是也用過嗎？

算了，無所謂啦。

「是為了『讓瓜野以為妳在上町』吧。」

小佐內同學又不吭聲了。她一吃起來動作就變得很快，另一塊栗金飩也進了她的嘴巴。

我打算等說完以後再慢慢享用，現在先用抹茶潤喉。

「瓜野記得那通電話，事後回想起來……『說不定小佐內就是縱火犯。對了，她五月打電話給我的時候好像怪怪的。哎呀，怎麼會這樣，仔細一想就知道了，那一天她就在現場！』」

我可能演得太浮誇了。小佐內同學投來冷冷的一瞥。

我乾咳一聲。

「也就是說，電話裡的噪音是用來誤導瓜野懷疑妳的手段之一。」

「真好吃……」

「基於某種理由，妳想讓瓜野說出『妳就是凶手』，而且妳還準備狠狠地反駁他，就像妳在暑假裡做過的一樣。用不著我說，這件事必定會徹底擊垮瓜野的自尊心。他空有自尊卻沒有實力，只會給別人添麻煩，就算受到打擊也是應該的，適度地打擊他一下反而對他有益。可是妳做得太過火了，那可不只是普通的忠告。」

絕佳的甜點和愉快的驚悚對話。

這種放學後的時光真是太美滿了。

我相信小佐內同學。發現她在校刊社的周遭蠢動時，我就猜到她打算報復某人了。小佐內同學解釋說她是為了知道愛情是什麼東西，才會偷偷幫瓜野的忙。

這話或許是真的，不過……

「我整理狀況之後才發現，妳的行動在五月之後開始改變了。五月之前妳或許真的是為了幫助瓜野而在暗地底做手腳，但五月之後就不是這樣了，瓜野指控妳的根據全都是五月以後的事。」

我不知道她肯定的是我說的哪句話。

小佐內同學把第三塊放進嘴裡，然後才抬起頭來，看著我的眼睛，點點頭。

「從五月開始，或許是四月，妳的想法改變了，開始對瓜野進行復仇，設計讓他錯誤地指控妳。」

我想問的就是這一點。我稍微探出上身，問道：

「妳可以告訴我嗎？……瓜野到底做了什麼事才會落到這種下場？」

小佐內同學的盤子上還剩下四分之一顆栗金飩。她正要把竹籤伸向最後一塊，卻突然停住，歪著腦袋，收回手，抬起視線。

她盯住的獵物就是我的栗金飩。

我被迫面對這無言的談判。糟糕，我選錯時機了，拿著交換條件的材料提出要求實在太蠢了。我無奈地把自己的盤子往前推。

小佐內同學很滿意地輕輕點頭，喝了一口抹茶。

然後……

「我早就知道你一定看得出來。」

我的栗金飩被拉到小佐內同學的面前。

「嗯，這是我進高中之後第一次真正地復仇。春季限定草莓塔事件頂多只算洩憤，夏季限定熱帶水果百匯事件則是為了保護自己。復仇才不會只是那點程度。

我要讓他深受打擊，覺得自己的行動愚蠢至極，由衷相信自己很無能。

我知道自己是愛說謊的壞孩子，但我並不是真的很喜歡做這種事，這次我是覺得非做不可才會這樣做，因為我平時都不這樣做的。」

我有我自己的堅持，而小佐內同學也有她自己的堅持。就算我們兩人又在一起了，還是要多花些時間了解彼此的堅持。

可是，來得及嗎？離畢業只剩六個月了。

「那瓜野到底做了什麼不可原諒的事？」

「完全不可原諒，他啊……」

小佐內同學面對著還沒動過的栗金飩，溫柔地笑著說：

「居然未經同意就想要親我。」

逆思流

秋季限定栗金飩事件（下）

（原名：秋期限定栗きんとん事件）

作者／米澤穗信　譯者／ＨＡＮＡ　封面插畫／左萱
榮譽發行人／黃鎮隆　國際版權／高子甯、賴瑜妗
執行長／陳君平　美術編輯／方品舒
協理／洪琇菁
執行編輯／石書豪

發行／英屬蓋曼群島商家庭傳媒股份有限公司城邦分公司　尖端出版
台北市南港區昆陽街十六號八樓
電話：（○二）二五○○－七六○○（代表號）
傳真：（○二）二五○○－一九七九
中彰投以北經銷（含宜花東）／楨彥有限公司
電話：（○二）八九一九－三三六九
傳真：（○二）八九一四－五五二四
雲嘉經銷／威信圖書有限公司　嘉義公司
電話：（○五）二三三－三八五二
傳真：（○五）二三三－三八六三
南部經銷／威信圖書有限公司　高雄公司
電話：（○七）三七三－○○七九
傳真：（○七）三七三－○○八七
香港總經銷／城邦（香港）出版集團有限公司
香港灣仔駱克道１９３號東超商業中心１樓
電話：（八五二）二五○八－六二三一
傳真：（八五二）二五七八－九三三七
E-mail：hkcite@biznetvigator.com
馬新經銷／城邦（馬新）出版集團　Cite(M)Sdn.Bhd.
E-mail：Cite@cite.com.my
法律顧問／王子文律師　元禾法律事務所
台北市羅斯福路三段三十七號十五樓
二○二二年五月一版一刷
二○二四年五月一版二刷

■中文版■

郵購注意事項：
1. 填妥劃撥單資料：帳號：50003021戶名：英屬蓋曼群島商家庭傳媒(股)公司城邦分公司。2. 通信欄內註明訂購書名與冊數。3. 劃撥金額低於500元，請加附掛號郵資50元。如劃撥日起 10～14日，仍未收到書時，請洽劃撥組。劃撥專線TEL：(03) 312-4212 ・ FAX：(03) 322-4621。E-mail：marketing@spp.com.tw

國家圖書館出版品預行編目資料

秋季限定栗金飩事件 / 米澤穗信 著 ; HANA譯 . --初版.
--臺北市：尖端出版, 2022.04
面 ; 公分.--(逆思流)

譯自: 秋期限定栗きんとん事件
ISBN 978-626-316-671-4(上冊 : 平裝).
ISBN 978-626-316-672-1(下冊 : 平裝)

861.57　　111001836